# 人狼彼氏と愛の蜜

西門

幻冬舎ルチル文庫

CONTENTS ✦目次✦

人狼彼氏と愛の蜜

✦イラスト・金ひかる



✦カバーデザイン＝吉野知栄（CoCo.Design）
✦ブックデザイン＝まるか工房

# 人狼彼氏と愛の蜜

日差しが弱くなり、もうすぐ肌寒い季節がやってくる。

冷たい空気は澄んでいて、呼吸がしやすくなるような気がするから好きだ。

そんなことを考えながら、犬飼郷《いぬかいごう》は都内にある路地裏の洒落《しゃれ》たカフェで、座り心地のいい椅子に背中を預けていた。

今日は仕事の打ち合わせだ。

先方が席を立ったので、郷も一息入れたところだった。

「緊張した……」

そう呟《つぶや》いて、色白だとよく言われる頬をペチペチと叩《たた》いた。緊張しすぎて、まだ顔がこわばっている。

もう一度深呼吸をして、しばらく放置されていたコーヒーにやっと口をつけた。

すでにぬるくなったコーヒーが喉を通って胃に落ちると、体から緊張が解けた気がした。

そしてもう一度、もらった資料に目を通し始めた。

郷の仕事は、デザイナーだ。

ひとえにデザイナーと言っても色々あるが、郷の場合はＷＥＢサイトや広告、それにグッズなどのデザインをメインに仕事を受けている。

フリーでやっているので、仕事の依頼は主に口コミや紹介だ。

今日の仕事は芸能事務所に勤めている、兄、匡《ただし》の伝手《つて》で回ってきたものだった。

芸能界での繋《つな》がりは色々あるようで、思わぬ仕事が舞い込んできたりする。

クライアントの担当者は、まだ店の入り口あたりで電話をしているので、しばらくは戻ってこないだろう。

その間に少し気持ちを入れ替えようと、郷は深呼吸をすると目を閉じた。

それにしても、ずいぶんと座り心地がいい椅子だ。

木製なのに、背中にぴったりとフィットする。そしてなにより座面に使われているクッションも、体重がかかっている場所への負担が少なかった。

（この椅子、いいなぁ……）

自分の家のダイニングにも置きたいなと思うほどだった。

おかげで少しスッキリできた。そして気持ちを切り替えると、郷は背筋を伸ばした。

打ち合わせはあと少しだと、自分に活を入れる。

混雑している店では打ち合わせに集中できないので、繁華街から少し外れた住宅街の中にあるカフェを選んでもらって正解だった。

郷は人混みが苦手だ。それも混雑を避けた一つの理由だった。

グラスに手を伸ばし冷たい水で喉を潤した。あまり混雑していないとはいえ、人がいるのには変わりない。体調が悪くなる前にできれば帰りたいと思っていると先方が戻ってきた。

「すみません、お待たせして」

そしてまた打ち合わせを再開した。

依頼された仕事は大きな案件ではないけれど、やりがいはありそうだ。それにこうして少しずつでも仕事を回してもらえるというのは、信用を得られているからだと思うことにしている。

無事に打ち合わせも終わり、そろそろ帰ろうとしたときだった。

少し離れた場所に座っていた女性と目が合った。

その女性は郷だと分かると立ち上がってこちらに向かってきた。ブロンドの髪のスタイルのいい外国人の女性。

彼女は兄の芸能事務所に所属している、モデルのノラだった。

「郷！　こんなところで会うなんて奇遇ね」

そう言って近づいてくる。

以前、兄からの依頼で彼女のプロフィールページとブログを作ったことがあったので、郷の顔を覚えていたようだ。

「こんにちは。ノラさんも打ち合わせですか？」

そう笑顔で答えたけれど、内心は近づかないで欲しいと思っていた。

郷は匂いに敏感で、女性の香水などが苦手なのだ。

（うわっ、キツ……）

案の定、近くに来るときつい香水の匂いがして、一気に具合が悪くなっていく。

「そうなの。やっと終わったわ」

ノラはわざとらしく疲れた、というリアクションをして、そしてジッと郷の方を見てから、フフッと笑う。

「相変わらず、郷はキュートね」

私の好み、と言って顔を近づけてくる。

(うわっ……)

強い香水の匂いに思わずしかめ面になりそうなのを、グッと我慢した自分を偉いと思う。

ノラは座っている郷の頬に軽いキスをすると、またね、と手を振って去っていった。

(勘弁してくれ……)

と内心で溜息《ためいき》を吐《つ》いた。香水と化粧の匂いが鼻腔に残り離れない。

彼女にとっては軽い挨拶だったのだろうけど、郷にとっては大打撃だ。

匂いのせいで胃の奥がムカムカしてしまい最悪だ。

そんな郷の困惑など知りもしないクライアントが、ノラに視線を取られていた。

「いや～、近くで拝見したのは初めてですが、さすが最近人気のあるモデルさんですね」

そうなのだ。ノラは人気があり、今や雑誌などに引っ張りだこで、色々なところで目にするようになった。

日本での活動は一年くらいなのだが、北欧出身のスタイルの良さとブロンドの髪と親しみやすい顔立ち、それに気さくな性格でテレビなどにも出るようになっている。

「それに、さっきノラさんも言ってましたけど、犬飼さんもモデルをやられてるんじゃないかと思うくらいイケメンですよね」

と担当者に言われ、郷は苦笑した。

「そんなことないですよ」

と返した後もやたらと郷を褒めるので、さすがに気恥ずかしかった。

確かに身長はそれなりに高い方だと思う。百八十センチに一センチ届かなかったのは悔しかったけれど、誰かに聞かれたときには、四捨五入して「百八十センチ」と答えている。

ベリーショートに大きな黒目、それにスッと通った鼻筋。薄い唇はモデル向きだと兄に言われたけれど、性格的には不向きだなと、苦笑された。

自分でもその通りだと思うので、今はやりたかったこの仕事をしている。

「肌も白いですよね……というか顔色が、よくないですね……大丈夫ですか？」

郷の容姿を褒めてくれていた担当者が、郷の変化に気づき心配そうな表情になった。

ノラの香水と頬につけられた口紅の匂いのせいで、だんだんと具合が悪くなってきているのは確かだ。少し冷や汗も出てきていて、正直やばいなとは思っていた。

「今日は、この辺で、失礼してもいいですか？」

「大丈夫ですか？」

「……ええ、大丈夫です。こちらこそ、ご心配をおかけしてすみません」

と謝ると、担当者は、「打ち合わせも終わりましたし、また後日連絡します」と言ってくれた。

郷はその言葉に甘えることにして席を立つ。

「では、また」

そう言って挨拶をすると、ふらつきそうになる体に鞭《むち》を打って店を出た。

駅までの道を、とにかく早く帰りたいと思いながら歩いた。

けれど、一度鼻についてしまった匂いは消えず、さらに気分が悪くなっていく。

しかもどんどんと寒くなってきている。

徐々に冷え込みが強い季節になってきているとはいえ、十月の半ばで、寒さに震えるような気温ではないはずなのだ。それなのに感じる寒さはまるで冬みたいで、たまらず体を抱えるように両手で包み込む。

なんでこんなに寒いんだろうと思うくらい、体感温度が低い。次第に体が震え始め、郷は自分の異常に気がついた。

（やばい……気持ち、悪い……）

思っていたより体調が悪くなってしまったのか、よたよたと足取りがおぼつかなくなっていく。

これは無理だと、郷は立ち止まり塀に手をついた。

胃のむかつきもひどく、吐き出しそうになるのを堪《こら》えると、今度は血の気が引いた。

(やべ……貧血、だ……)

目の前が真っ暗になった。立っていることもできず、郷はたまらずそのまま塀によりかかると、ずるずるとしゃがみこんだ。

全身の力が抜け、舌も痺《しび》れているみたいだった。手にも力が入らず、視界も暗い。助けを呼ぼうにも声すら出せず、このままではヤバいなと思ったその時だった。

「大丈夫?」

と誰かが声をかけてきた。

返事をしたいけれど、言葉がうまく出せない。

「具合、悪いの?」

そう聞かれ、郷はどうにか小さく頷《うなず》いた。

ぼんやりとした視界の中に、大きな影が浮かんでいた。かなり大柄の男の人だというのだけはわかった。

「ちょっとまってて」

そう言って男はどこかに消えていった。こんな道ばたでしゃがみ込んでいるのだ。ヤバいやつだと思われたかな、とそんな心配をしてしまう。

人に迷惑をかけてしまうのなら、大人《おとな》しくタクシーを呼べばよかった。

店を出た時は家まではもつだろうと思っていたのだが、読みが甘かった。

そんな自分に嫌気がさして、溜息を吐いたときだった。

「これ、飲んで」

と冷たいものを頰に押し当てられた。声をかけてくれた人が戻ってきてくれたのだ。

「あ、りがと……」

どうにか声を絞り出して、震える手でそのペットボトルを手に取ろうとしたけれど、力が入らず、そのまま手の中をすり抜けていってしまった。

「ごめ、ん」

「大丈夫、気にしないで」

そう言った男は落ちたペットボトルを拾うと、蓋《ふた》を開けてくれた。

「飲める？」

口元に飲み口を当てられて、郷は一口だけ水を飲んだ。食道を通って落ちていった冷たい水が、胃に染みこんでいく。

少しだけ不快感が消え、ふう、と息を吐き出した。

その人の指が、冷や汗をかいている郷の額に触れた。その時だった。

今まで嗅《か》いだことのない匂いが、鼻腔内に流れ込んでくる。甘い蜜のような、けれど爽やかな不思議な匂い。

ノラの香水や化粧の残り香を、かき消してくれた。

(こんな匂い、嗅いだこと、ない……)

けれどそれは不快感もなく、むしろもっと嗅いでみたいと思うほどいい香りだった。

(もっと……近くで嗅ぎたい……)

そう思った瞬間だった。鉛のように重たくなっていた体が、ふっと軽くなっていく。

(あれ……？　なんだ、これ……)

吐き気を伴うほどの胃のむかつきも和らいで、貧血で全身に冷や汗をかいて冷たくなっていた体に血が行き渡っていく。

男に額に張り付いた髪をかき分けられ、郷は微《かす》かに目を開けた。

「……funnet（見つけた）」

男がそう小さく呟いた。英語ではない、あまり聞いたことのない外国語だった。

郷がその男の言葉を聞き取れたのは聴覚が人並み外れていたからで、普通の人だったら聞こえていないくらい、小さな呟きだった。

その呟きに目を開けると、郷のぼやけた視界に入ってきたのは、肩まであるブロンズの髪の大柄の男だった。

「少し顔色が良くなってきたみたいだ」

そう言って男は安堵《あんど》の息を漏らした。かなり心配してくれていたようだ。

郷はもう一度大きく息を肺に吸い込んだ。彼から香るその匂いを吸いこむと、やっぱり体の辛《つら》さが消えていく気がした。

その匂いのおかげで気分もだいぶよくなってきた。これならなんとか帰ることができそうだ。

立ち上がると、まだうまく力が入らずふらついてしまった。すると「大丈夫？」と言って、男が脇を支えてくれた。

「あり、がとうございます……今なら、動けそうなので……帰ります」

「うん、その方がいい。タクシー止めてあげるよ」

郷はその大きな男に支えられながら通りまで歩く。

今はただ、早く家に帰って横になりたい。ただそれだけだった。

「あ、空車だ」

男の人が手を挙げ、タクシーを止めた。そして郷が車に乗るのを手伝ってくれた。

「気をつけて」

そう言うと男の人の影が引いていく。

「あのっ」

郷は慌ててその人に声をかけた。まだお礼を言えていない。

郷の声に気がついた男は、その大きな体を屈《かが》めてドアをのぞき込んできた。

「どうしたの？　まだ具合悪い？」

そう心配してくれて、郷は首を振った。

「違います。あの、助けてくれてありがとうございました」

そう告げると、その男はフッと頬を緩めた。

「困った時はお互い様、デショ？」

と言ってくれた。そしてドアが閉まる瞬間。

「またね」

そう聞こえた。

（またって……なんだろう？）

けれどその答えを聞く前にドアは閉まり、郷は走り出したタクシーのシートに体を沈め、そして大きく一つ息を吐いた。

「助かった……」

苦手なタクシーの匂いも、今は気にならないくらいには回復していた。

あの彼から香っていた甘い匂いのおかげで、楽になったのは確かだった。

「あの匂い……なんだったんだろう……」

小さく呟いた独り言は、運転手には聞こえていない。

（ちゃんとお礼するのに、連絡先聞けばよかったな……）

そんな心残りを感じながら、郷は流れる夜の繁華街の風景を眺めていた。


家に辿《たど》り着き、気を失うようにベッドに倒れこんだ郷が、次に目を覚ましたのは日が昇りきった頃だった。

寝坊したと飛び起きて急いで準備をすると、同じマンション内に借りている仕事場へと向かった。

【GO STYLE】と名付けたデザイングッズの通販サイトは、名前の通り、郷のデザインしたグッズを販売している。今や郷一人ではまかないきれず、ネット友達から今では親友になった、北見《きたみ》とリュウがスタッフとなって手伝ってくれていた。

以前はハンドルネームしか知らなかった友達だったのに、今では親友と言える間柄だ。

「おはよう。遅くなってゴメン」

「おっす。今日、リュウは休みだよ」

奥の仕事場で作業をしていたのは、北見だ。郷を振り返ることはせず、作業を続けている。

てっきり二人ともいると思っていたのだが、今日は北見だけが出勤のようだ。

はじめは趣味で始めたグッズ通販だったのだが、今では手広く様々なジャンルの仕事をやれるようになり、正直自分でも驚いている。

最近は依頼も増え、アーティストのコンサートやライブのグッズも手がけるようになってきていた。

北見はライブに行くのが好きなので、自分の好きなバンドのグッズも郷に依頼が来ればいいのに、と期待しているようだった。

そんな彼はベリーショートの金髪に多数のピアスをしていて、少し近寄りがたく感じるが、イメージとは裏腹に仕事は几帳面で優秀なのだ。

「そっか、了解。俺もあとで通販のほう手伝うけど、ちょっと先にメールチェックしてくるわ」

「昨日はそこまで注文数があったわけじゃないから、俺一人でもどうにかなるよ」

「サンキュー。あと来月に新作のグッズができあがってくるから、来たらチェックよろしく頼むわ」

「お、まじか。コインケース、すげー使いやすそうだったから、実物見るの楽しみだ」

そう言ってもらえて、郷は嬉《うれ》しくなった。

郷の作るオリジナルのグッズは、シンプルで使い勝手がいいと評判だ。

携帯ケースから、財布やポーチ。色々と作っているけれど、なにより郷の作ったクマのキャラクターが若者にウケているらしい。

今度はどんなデザインにしようかと考えつつ、自分の仕事部屋に向かった。

郷の仕事部屋は、壁一面の本棚にデザイン関係や画集、それにお気に入りのフィギュアなどが飾られている。

窓際にあるデスクのパソコンモニターの前には、大きな液晶タブレットとキーボードが置かれていて、郷はメールチェックをするためにパソコンの電源を入れた。

メールをチェックしていると、その中に新規の仕事のメールが入ってきていた。

「なんの仕事だろう？」

内容によっては、受けられるかどうか検討する必要がある。

そのメールは、外国の家具メーカーからの依頼だった。

担当者の名前は外国人のようだが、メールの文章はおかしなところはなかった。

今は翻訳サイトなどもたくさんあるが、直訳されるので文面がおかしくなることが多い。

けれどこのメールは文章もきちんとしているので、ちゃんと日本語ができる人だと思った。

これだけ流暢《りゅうちょう》な日本語ができるのだ。日本人のスタッフがいるのだろう。それなら仕事をするうえで、支障はないだろうと判断した。

どうしよう、と悩みながらもう一度メールを読み直していると、依頼先の家具メーカーの名前が目に入った。

「えっと……M、O、E、N……」

家具、モーアン。

聞いたことが無いなと、郷はインターネットで検索をかける。すると、外国のサイトが上がってきた。

クリックしてみると、英語のサイトが開いた。

椅子やソファなどの家具が並んでいるサイトを見て、思わず声を上げた。

「あっ！　これ、昨日のカフェにあった家具だ」

あの座り心地のよかった家具は、このメーカーのものだったのかとその偶然に驚いた。

もともと郷は木材の家具が好きだ。カントリー風なのも好きだし、北欧風のものもまた違った木の使い方をするので興味があった。

郷はそのサイトを見ているとあることに気づいた。日本語のメニューが無い。

読めない外国語を翻訳しながら見ていると、モーアンはヨーロッパとアメリカに直営店を何店舗か構えていた。

「マジかよ……」

仕事の依頼内容は日本向けのホームページの作成と、紙媒体のカタログも同時にお願いしたいと書かれていた。

「俺にできるかな……」

大きな仕事の依頼に、郷はぶるりと体を震わせた。ワクワクしていく気持ちが止められない。

兄の伝手で色々なWEBサイトは作ってきたが、ジャンルの違う仕事は自分の力を試すチャンスでもあった。

メールには一度お会いして話がしたいと書いてあり、郷は緊張と興奮で震える手を押さえながら返事を書き始めた。

郷の中ではもう返事は決まっていた。

送信ボタンを押し、郷はふう、と大きく息を吐くと体の力を抜いた。

「ヤバい……ちょっと……久々にワクワクしてるわ……」

違うことをチャレンジする期待と不安。けれど今は期待する気持ちの方が大きくて、どうしても口元が緩んでしまう。

椅子から立ち上がり部屋を出ると、作業をしている北見に声をかけた。

「北ちゃん、新規の仕事、入りそうかも」

そう告げると北見は、郷のテンションがいつもより高いことに気づいたのか、含んだ笑いを浮かべた。

「珍しいな、郷がそんなに嬉しそうに話すの」

「え？　そうか、な……」

仕事は全部真剣にやっているし、妥協したことはない。けれどやはり好きなものに関われるとなると、話は別なのだ。

「うん、いつもはもっと、なんつーのかな、冷静っていうか。だからそれだけ嬉しかったんだなって思ったよ」

で、どんな仕事なの？　と北見が聞いてくる。

郷は少し恥ずかしさを感じながら、コホンとわざとらしく咳払《せきばら》いをした。

「外国の家具メーカーのホームページと、あと同じイメージでカタログを依頼したいって」

「へぇ、すごいな。今までとはジャンルも違うし、やりがいがありそうだな」

と言われ、郷は身が引き締まる思いがした。

もし紙媒体のカタログも引き受けるとしたら、手伝ってくれる人員も確保しなければいけない。

それなりに伝手はあるので、知り合いのデザイナーに頼んでみようと考えていた。

そんな郷の表情を見て、北見が確信を持って言う。

「自信ありげな顔してるから、大丈夫そうだな。うまくいくよ、絶対」

北見にそう言われ、ますますやる気が出た。その一言で、できる限り精一杯やってみようと決意できたのは間違いなかった。

その後、話はトントン拍子に進み、数日後、郷は先方の指定した場所へ向かっていた。

実際に家具を見てもらいたいと連絡があったのだ。

モーアンのオフィスは、落ち着いた雰囲気の街の一角に建っていた。

外観はコンクリートの打ちっぱなしで大きく開放的な窓があり、それがショーウィンドウの代わりとなっていて、中にモーアンの家具が並べられている。

もっと見ていたくなるような、そんな雰囲気のディスプレイに郷の胸が躍る。

やはり、好きなものに関われるのは、嬉しい。それが仕事なら、なおさらだ。

いいものを作りたい。そう思わせてくれるものに出会えることが、なにより素晴らしい。

ショーウィンドウを食い入るように覗《のぞ》き込んでいる自分の姿は、マスクで顔を覆っているので怪しいことこの上なかった。

郷は、出かける時にはマスクが欠かせない。電車や人混みは匂いが入り交じっていて、苦手なのだ。

そんな郷がガラス越しに家具を見ていると、後ろからクスクスと笑う声が聞こえてくる。

自分の後ろに、大柄の外国人が映っていた。しかも郷より頭一つ出ていて、かなり背が高い。

（でかっ……）

郷も身長は百七十九センチあり、低いわけではない。

その人は、百九十センチくらいはあるだろうか。彫り深く鼻筋が彫刻のように通っている。そしてなにより、郷を釘付《くぎづ》けにしたのはその目だった。

青く銀色にも見える、不思議な色をたたえた瞳とガラス越しに視線が合って、その瞬間ドキリとした。

その目を、知っている気がした。

(どこかで、会った?)

ブロンズの髪は肩のラインまであり、クセ毛なのか少しウエーブがかかっている。

ニコニコ笑いながら近づいてきた男は、郷の顔を覗き込んで言った。

「もう具合は大丈夫?」

それと同時に、ふわりと香るフレグランスが郷の鼻腔をくすぐった。その瞬間その人が誰なのかすぐに分かった。

「ああ——‼」

あの日、仕事の打ち合わせの帰り道で、郷を助けてくれた人だ。

まさか、こんなところで会えるなんて、思ってもいなかった。

郷は勢いよく振り返ると、あのとき言えなかった言葉をやっと口にすることができた。

「あのときは、本当にありがとうございました。すごく助かりました。ろくにお礼もできずすみませんでした。また会えて良かったです」

あのまま放置されていれば、どうなっていたか分からない。

なによりちゃんとお礼が言えて、ホッとした。

それにしても、マスクをしているのに、郷のことをよく分かったなと思う。

その大柄な外国人は、にこりと人好きのする笑みを浮かべて言った。

「大丈夫、困ったときはお互い様です」

そして郷の顔をじっと見つめてくるので、瞳に吸い込まれそうになった。

「な、なんですか……？」

顔に何か付いているだろうか。

郷の戸惑いも気にせず男は満足そうな顔をして、何度も頷いていた。

「元気そうな顔で安心した」

そう言って笑うその顔は、見入ってしまうほど格好よかった。モデルかなにかをやっているのだろうか。そのくらいどこもかしこも出来がいいと思った。

思わずその人に見とれてしまっていると、ドアが開いて中から声をかけられた。

「ルーカス、何やってるんですか？」

入り口から顔を出した外国人もまた、素晴らしい容姿の持ち主だった。肌は透き通りそうなほど白く、髪は金色でなめらかな絹糸のようにさらさらしている。まるでビスクドールみたいだった。

綺麗《きれい》というのはこういう人のことをいうのだろう。

しかも彼の口からは、驚くほど流暢な日本語が聞こえてきた。

「もしかして、犬飼さんですか？」

似合わないというより、違和感といった方が良いだろうか。そのくらい日本語がミスマッチに感じた。吹き替えの映画を観ているみたいだ。

どうやらあのメールは日本人のスタッフではなく、彼が送ってきたようだ。

そんな彼にもう一度、「犬飼さんですか？」と聞かれ、郷は慌ててマスクを取って頭を下げた。

「あ、本日一時半にお約束させて頂いていた、犬飼郷です」

そう挨拶すると、大柄の男の顔が「あなたが！」と、両手を広げて喜ぶジェスチャーをする。

そのオーバーなリアクションが、外国人だなと思った。

「お待ちしておりました。どうぞお入りください。ルーカスも怪しまれるから入ってくださ
い」

そう促され、郷は建物の中に入ると、そこには仕切り一つない空間が広がっていた。

高い天井に、思わず口が開いてしまう。

そこにモーアンの家具が、コンセプトごとに置かれていた。

（やっぱり……いいなぁ……今度ゆっくり見に来よう）

思わず目移りして、キョロキョロとしている郷にルーカスが話しかけてきた。

「どう？　気に入ってくれた？」

気に入った、なんてもんじゃない。今すぐどれか買って帰りたいくらいだ。

「すごく好みです。俺、この前行った店のモーアンの椅子がすごく座りやすくて、気になってたんです。だからまさか自分に依頼が来るなんてすごく驚いたんですけど、むしろ嬉しい方が大きくて……！」

勢いよく話す郷を見て、ルーカスはニコニコと笑っている。

「す、すみません……」

あまりにも必死になっている自分が恥ずかしくなって、謝るとルーカスは不思議そうな顔をした。

「え？　なんで謝るの？　俺はすごく嬉しいよ」

褒められるのは、誰でも嬉しいでしょ？　とルーカスは言う。

そして、手を差し出してきた。

「俺は、ルーカス・モーアン。よろしく」

握手を求められて、郷は戸惑いながらも手を差し出した。それと同時に彼のラストネームに、目を見開いた。

（モー、アン……?）

それはここのメーカーの名前だ。

郷が驚いてルーカスをまじまじと見つめていると、いたずらっ子のように笑う。

「俺たち、いいパートナーになれそうだね」

そして、ぎゅっと強く手を握られ、郷も握り返す。

「こちらこそ、満足してもらえるようなものを作れるように頑張りますので、よろしくお願いします」

そう言いながら郷は身が引き締まる思いがした。郷にとってはチャレンジでもある仕事だ。だからこそ良いものを作り上げたいと、気持ちが昂《たか》ぶっていく。

「では、改めまして、犬飼さんよろしくお願いいたします。彼はオーナーであり、デザイナーのルーカス。私はヨハン・ソールバルグです。日本では私が営業と経営を全て担当しています」

そう自己紹介してきたヨハンのあとに、ルーカスが「そうなんだよ」と付け加えた。

「俺が数字に弱いのと大雑把な性格してるから、ヨハンが見るにみかねて社長業をしてくれてるんだ」

と悪びれず言うルーカスに、ヨハンのこめかみに血管が浮いているような気がした。

「あなたはもう少しオーナーらしいことしてください。さあ、犬飼さん、こちらへどうぞ。打ち合わせをしましょう」

そうヨハンに案内されたのは、応接室だった。

もちろんソファもテーブルも全部モーアンのもので、勧められたソファは座り心地が抜群によかった。

包み込まれてホッとするような、そんな感覚になる。

匂いも気にならず、こんな気持ちになるのは初めてだ。匂いに敏感すぎて体調を崩すくらいなのに、ここの空気は苦にならないのはなぜだろうか。

ルーカスと目が合うと、助けてもらった時に感じた彼の匂いを思い出した。

(そうか……この部屋は彼の匂いがするんだ……)

この匂いに包まれていると、不思議と落ち着ける。

そう思いながら郷は、この仕事はきっと上手《うま》くいくと信じて、「よろしくお願いします」と二人に声をかけた。


打ち合わせは、つつがなく進んでいった。

まずは、おおまかなスケジュールやコンセプトなどを詰めていく。

モーアンは、日本での展開を来年本格化するのだという。それに併せて、ホームページとカタログを仕上げることになる。

ちょうど、スケジュールは緩やかにしてあったのが幸いした。

なので、早めに取りかかれると伝えると、二人は喜んでくれた。

自分の好きなものに関われるからということだけではなく、ルーカスと仕事がしてみたい。

彼の話は楽しくて、それだけでモーアンのイメージが色々と湧いてくる。

今まで仕事をしてきたけれど、こんなにもイメージが膨らみやすい人に出会ったことがなかった。

だからこそ、この仕事は絶対に成功させたいと強く思った。

郷がルーカスから受けたイメージや商品の感想を伝えると、ルーカスは嬉しそうにニコニコと笑っている。なんだろう？　と首を傾げると、ルーカスがある提案をしてきた。

「そんなに俺の作ったものを気に入ってくれたんなら、今度、仕事場を見にこない？」

そんな貴重な体験ができるのであれば、喜んで伺いたい。それにいいアイデアも浮かんできそうな気もする。

「え!?　いいんですか？」

食い気味に返事をする郷に、またルーカスが相好を崩した。

「もちろんだよ。そこまで俺の作ったものを褒めてくれたんだ。是非仕事してるところも見てもらったほうが、アイデアも浮かぶだろ？」

そう言って、ウインクしてくる。

それがキザに見えないのは、彼が外国人だからだろう。

大きな体に、端正な顔立ち。

それなのにどこか甘い雰囲気が漂っていて目を惹《ひ》く。吸い込まれるような、日本人にはない目の色は、きらきらと光っていて、もっと近くで見てみたいと思えた。

「どうしたの？」

そんなに見つめられるとドキドキしちゃうぞ、と、少しおどけたようにルーカスに言われ、郷はかあっと顔を赤らめた。

「す、すみませんっ……」

「大丈夫、俺は気にしてないよ」

とルーカスは笑ってくれた。

「そうそう、仕事場には、サンプルとかもあるから格安で譲れるかもよ」

しかもルーカスから思わぬ提案があり、さすがの郷もそれは遠慮した。

「嬉しいご提案ですけど、それはダメです。けど、仕事場は……見てみたいです」

と言うと、「オーナーの俺がいいって言ってるのに」と肩をすくめていた。

家具を譲ってくれると言ってくれたのは、正直嬉しかった。それだけ郷を気に入ってくれたからだと、そう思えたからだ。

いい感触だった。これならきっとこの仕事は上手くいくだろう。

大まかな打ち合わせが終わると、ルーカスがなぜか自分の携帯を持って、郷の近くにやってきた。

とたん、ふわりと甘い匂いが香る。

やっぱり彼のフレグランスは、郷にとっては薬みたいに効果があるような気がした。その匂いを嗅ぐだけで、体が軽くなっていく気がする。

ルーカスは携帯の画面を開きながら、郷に話しかけてきた。

「連絡先交換しようよ。日本ではこのSNSを使ってる人が多いんだよね？」

俺も入れたんだと得意げに見せてくるのは、日本で一般的に使われているSNSのアプリだ。そんなルーカスに、思わず郷の顔が綻《ほころ》んだ。

「じゃあ、俺のQRコード読み込んでもらって……」

郷も携帯を取り出して、自分の情報を呼び出す。

携帯を近づけると、さらにルーカスとの距離が近くなって、匂いが強くなった。

(ああ……ほんといい匂いだな)

思わずその匂いに吸い寄せられて、ルーカスに抱きつきたい衝動に駆られた。

その首筋に鼻先を埋《うず》めて匂いを肺一杯に吸い込みたい。

そんなことを思ってしまい、郷は慌ててルーカスから離れると息を止めた。

（やばいやばいっ）

変な気分になってしまいそうだ。

それなのに、「これってどうすればいいの？」と大柄なルーカスが、かがむようにしてもっと郷に近づいてきた。

とたん、体の奥がかぁっと熱くなり、肺の奥が息苦しくなっていく。

（ちょ、っと……まって！）

今までにない体の変化に、郷は戸惑いを隠せなかった。

こんな感覚は経験したことがなくて、どうしたらいいのかわからない。

それなのに、間近にいるルーカスから目が離せないのだ。

動悸《どうき》がして、胸が苦しい。

（な、なんだこれっ……）

なにか、おかしい。

しかも体の奥がむずむずしてきて、吐息が漏れてしまいそうだった。

郷がそんな感覚と戦っていることなど知りもしないルーカスが、それを刺激するように耳の後ろに鼻先を近づけてきた。

「っ……」

温かい息が耳元にかかり、郷は思わず小さく息を詰めた。

「君は、とても甘い匂いがするね」

そう耳元で囁《ささや》かれ、背中がぞくりと粟だった。

一言も発することができず、郷は身動きが取れなくなった。

そんなルーカスを郷から引き離したのは、ヨハンだった。

「こら、ルーカス！　失礼なことするんじゃない」

そう言ってルーカスの襟首を摑《つか》み、引っ張って離していく。

その途端、体の熱がスッと引いて郷は安堵の息を漏らした。あのまま近くにいられたら、郷の体がどうなっていたか分からない。

「こいつ、気に入った相手を見つけるとしつこいから」

それにと、続いた言葉にさらに驚いた。

「犬飼さんのこと、特に気に入ったみたいだし気をつけてくださいね。ルーカスはゲイなので、犬飼さんはかなり好みだと思いますよ」

「っ……そ、うなんですか」

突然の告白に、一瞬言葉に詰まってしまった郷は、慌てて訂正をした。

「あ、あの驚いただけで、別に偏見とかあるわけじゃないんです」

そんなことを言ったら、余計に言い訳じみて聞こえてしまっただろうか。けれど本当にそんな気持ちなど、ひとかけらもないのを分かって欲しかった。

実は、郷も同じなのだ。

今まで惹かれた相手は、すべて男性だった。女性が嫌いなわけではないけれど、しっくりこなかった。

その頃はまだ、自分が同性により強く惹かれるタイプだとは、思っていなかっただけだ。

自分のセクシャリティをちゃんと見つめるきっかけになったのは、郷の家の本家に当たる、親戚の狛江《こまえ》駿《しゅん》の言葉だった。彼が同性の幼なじみに対して、他とは違う執着をしていることを不思議に思った郷は、彼に聞いたことがあった。

『お前、あの幼なじみのこと好きなのか？』

駿を見ていて感じたことを素直に聞いてみた。その郷の問いに、駿は何のためらいもなく言ったのだ。

『うん、誰よりも一番大切だよ』

そのときの駿は、今まで見たことがないほど優しい顔をしていた。

それが、羨《うらや》ましかった。どちらに対して抱いた羨望《せんぼう》か分からない。なんのてらいもなく、人を好きだと言える駿に対してなのか、それともそんな駿に大切に思われている人になのか。

自分にも、いつかそう思える相手が見つかるのだろうか、と。

そして、そんな駿を見ていたら、自分も同性を好きと言っていいのだとそう思えて、胸につかえていたものがストンと落ちた気がした。

その時から、郷は自分のセクシャリティを自覚した。

だから、こんなふうにルーカスに近寄られたら、勘違いしてしまいそうになる。

しかも彼はクライアントなのだ。

「うん、大丈夫。分かってるよ」

とルーカスが言ってくれた。その言葉にホッと胸を撫で下ろした。

これ以上、ここにいてはいけない。

「そろそろ失礼しようと思います。今日は本当にありがとうございました。これからどうぞよろしくお願いします」

そう言って郷は立ち上がった。

「こちらこそ、ではまた改めてご連絡いたしますので」

とヨハンの言葉に、郷は「よろしくお願いします」ともう一度頭を下げた。

そしてルーカスと目が合うと、それだけで体がまたかあっと熱くなるのを感じて、いたたまれなくなった。

いったいどうしてしまったんだろうか。とにかく、早くここを離れた方がいいのだけは分かった。

「じゃあ、また」

と郷が鞄《かばん》を手に取ると、ルーカスが残念そうに郷を見てくる。

「もう帰るの？」

「すみません。このあと仕事が入っていて」

それは嘘だった。本当は仕事なんて入っていない。今はルーカスのそばにいてはいけない。そう思ったのだ。

そうしなければ、郷の体がおかしくなってしまいそうだった。

「では、また連絡をします」

そう郷が言うと、ルーカスも「俺もするから」と手を振る。

そんな気さくな彼に心が惹かれてしまいそうで、挨拶をすると逃げるようにモーアンのショールームを後にしたのだった。


ずっと、彼の匂いが鼻について離れなかった。

おかげで混雑している電車なのに、具合も悪くならなかった。それは良かったけれど、体に籠《こ》もる熱の方が大変だった。

郷はそこまで性欲も強くない。だからマスターベーションも、普通の人より少ないくらいだったと思う。

そんな郷が、どうしても抑えきれない性欲に襲われていた。

あの、ルーカスの甘い匂いを思い出すだけで、体が熱くなっていく。

どうにか自室のベッドまで辿り着くと、郷はそのまま体を投げ出した。

「ふっ……ん、……」

服を脱ごうにも、その擦れる感覚すら快感に変わっていく。

「んっ！」

ズボンの前だけをくつろがせて、すでに硬くなっている自分のものを取り出した。

『君は、とても甘い匂いがするね』

と囁かれた時の、声を思い出すだけで体が粟立った。

少しウエーブがかかった肩まである髪に、すっきりとした鼻筋。ガラスがちりばめられているように光る青い瞳。

そしてルーカスから感じた、あの匂いをまた思い出したらもうだめだった。

郷は服を着たままで、夢中になって自分のそれを扱《しご》いていた。

「んあっ……あ、」

先端がもうぐっちょりと濡《ぬ》れていく。

その雫《しずく》が陰茎に流れ出すとさらに感じてしまい、郷は体をくねらせた。

あの声も瞳も匂いも、思い出すだけで郷を狂わせてしまう。

ぬち、ぐちゅ、といやらしい音がして、自分のそれを扱く手が止められなかった。

「く、っそ……なんで、こんなに……」

相手は仕事のクライアントなのに、彼のことを思い出してマスターベーションをしているなんて。

仕事関係の人とはトラブルを起こしたくないから、恋愛対象として見たことは今まで一度もなかったのに。

それなのにどうしてルーカスに対して、こんなことをしてしまうのだろうか。

彼の顔がちらついて、郷はまた吐息を漏らした。

これではまるで、郷が彼に恋をしているみたいだ。

「ち、がうっ……」

声に出して否定するけれど、体は正直だった。

一目惚れ、なんて信じない。きっと、あのフレグランスのせいだ。

けれど、彼の顔を思い浮かべて感じてしまう自分がいた。

じくじくと体の奥が疼《うず》く。

「なん、で……はっ、ん……」

動かす手を止められない。

体質のせいで性的な経験値が低い郷が、こんな簡単に欲情するなんて思ってもいなかった。

彼のあの甘い声をまた思い出した、その瞬間だった。

「あぁっ、イクっ……」

ビクビク、と体を揺らして、自分の手の中に白い体液を吐き出していく。ドロリとしたものが、郷の手を汚していた。

「……最悪だ……」

どうしてこんなことをしてしまったのか。自己嫌悪に陥りながら、郷は大きな溜息を吐いた。

けれど、気持ちとは裏腹に体はスッキリしていた。そしてルーカスに対して欲情できた自分に、もしかしたら普通に人を好きになれるのかもしれないと、微《かす》かな希望を抱く。

普通ではない自分を、郷は受け入れているつもりだ。

けれど、誰とも付き合えない自分に、どこか引け目があった。

相手を見つけられなくてもいい。だた、人を好きになりたい。なれる自分でいたい。

「あ～……、次彼に会うときどんな顔すりゃいいんだよ……クライアントなのに」

汚れた手を拭うと、郷はいたたまれない気分のままベッドに体を沈めていった。

郷は携帯の着信音で目を覚ました。いつの間にか眠ってしまっていたらしい。

「ん……、だれ……？」

寝ぼけながら画面を見ると、一気に目が覚めた。【ルーカス・モーアン】と画面に表示されていたのだ。

「えっ！　ルーカスさん？」

どうしよう、と迷っている余裕はなかった。

郷はさっき自分がしてしまったことに後ろめたさを感じながら、通話ボタンを押した。

「……もしもし？」

『あ、郷？　急に帰っちゃったから気になって。仕事中だったらごめんね』

そういえば、とにかく早くあの場から立ち去りたくて、仕事があると嘘を吐いてしまったのを思い出した。

「す、すみません。失礼な帰り方してしまって……今はもう仕事は終えたので大丈夫です」

と言いながら、どこか居心地が悪かった。

（わー……なんかもう……どうしよう……）

声を聞くだけで、また体が熱くなるような気がした。

（だめだ……理性を働かせるんだ俺……！）

自分にそう言い聞かせる。平常心を保とうと頭の中で数字を思い浮かべてみたけれど、あまり役に立たなかった。

ルーカスに聞こえないように小さく深呼吸すると、『ならよかった』と安心したような声が聞こえてきて、さらに申し訳ない気持ちになった。

（あー……ほんといい人だ……ごめんなさいルーカスさん）

郷は心の中で平謝りした。

郷はこれが電話でよかったと、心の底から思った。面と向かっていたら、我慢できなかっただろう。

『それでね、仕事場、いつ見に来る？　その約束しないで帰っちゃったでしょ？』

とルーカスが言う。そのために、わざわざ電話をしてきてくれたらしい。

けれど、彼の仕事場に行って、また自分の体がコントロールできなくなってしまったらと思うと、不安になった。

「やっぱり……お邪魔じゃないですか？」

遠回しにどう断ろうと迷っていると、ルーカスは『日本人は奥ゆかしいね』と笑う。

『迷惑なら誘わないよ。大丈夫、襲ったりしないから』

と冗談を交えて、郷が行きやすいようにしてくれているのが分かった。

『それに、君ともっといろんな話がしたいなって思ったんだけど、君も同じ気持ちだったんじゃない？』

そう言われて郷は否定できなかった。

確かにルーカスと話した時間はとても楽しかった。それに、彼といるとインスピレーションが湧いてきたのは事実だ。

それでもまだ迷っている郷に『俺は楽しみにしてるんだけど』と背中を押してくる。

郷はその誘惑に勝てなかった。彼がどうやってあの家具を作るのか、見てみたい。

「あの、よろしくお願いします。いつお伺いしてもいいでしょうか？」

そう聞くと、ルーカスがある提案をしてきた。

『ねえ、郷。俺は君とは友人にもなりたいと思ってるんだ。だから敬語は無しにしないか？』

「でも……」

と郷が戸惑っていると、ルーカスがおどけたような声で言った。

『えー、友達じゃないと俺の仕事場には入れないよ？』

少し強引な気がしたけれど、ルーカスの明るくおおらかな性格のせいなのか、嫌な気はしなかった。それに郷も、友達になれたら嬉しいと思った。

「わかり……わかった。じゃあ友達として、仕事場に行ってもいい？」

郷がそう言うと、ルーカスは満足そうな声で『ＯＫ』と答えた。

それから日時を決めて、この日は電話を切った。

ふう、と大きく息を吐き出した。

ルーカスとの電話で、郷の気持ちは浮き足立っていた。

正直言うと、郷もまた彼に会いたいと思っていた。忘れられないあの匂いを、また嗅ぎたいと思ってしまっている。

欲望に負けしまった感は否めないけれど、彼に会えることが楽しみでしかたがない。

郷はスケジュールに、ルーカスとの約束を書き加えた。


郷はいつものように匂い対策のマスクをして、モーアンのショールームへ向かっていた。

今日はルーカスとの約束の日だ。

郷は落ち着いた街並みを眺めながら歩く。

モーアンのショールームがある場所は、表通りから少し奥まった路地にある。

初めて来た時は緊張していてあまり周りが見えていなかったが、この辺りは普通の住宅もあり、その中にあってもモーアンの建物は馴染《なじ》むように建てられていた。

周りの環境との調和を大切にしているんだな、と感じるコンセプトは、郷にとって好感が持てた。

これはきっとルーカスの考えだ、となぜかそう思えた。

それにしても、まさか仕事場まで見せてもらえるとは思わなかった。

しかも打ち合わせをした日から、毎日のようにルーカスから連絡が来るようになった。

写真付きのメッセージには、「日本のご飯はとても美味《おい》しい」とか「郷は今日は何をしてるの？」など、他愛もないものばかりだ。それは彼が郷と友達になりたいと言っていたのを、実践するようだった。

それならば、と郷もルーカスからのメッセージには、友達として返すようになった。

ルーカスのメッセージは、日本語と英語が入り交じっている。彼は日本語を喋《しゃべ》るのは得意だが、書く方はヨハンほどできるわけではないらしい。

表現が面白くて、郷はルーカスとのやりとりが楽しくなっていた。

【もうすぐ着きますよ】

そうメッセージを送った。

その角を曲がれば、モーアンのショールームが見えてくる。

ルーカスに会うのは三度目のはずなのに、毎日メッセージをやりとりしているせいか、そんな感じがしない。

角を曲がりモーアンの建物が見えた時、思わず笑ってしまった。

「郷〜！」

ショールームの前で、大きな男が手を振っていた。

道行く人がルーカスの視線の先にいる郷を振り返るので、ちょっと恥ずかしかった。

「子供じゃないんだからっ」

と呟いて、郷は足早にルーカスに向かった。

「会いたかったよ、郷！　いらっしゃい」

目の前まで行くと、その大きな体でハグされた。

「ちょ、っ！」

スキンシップに慣れていない郷は、思わずルーカスを押し返そうとしたけれど、それを思いとどまらせたのは、彼のあの甘い匂いだった。

マスクの上からでも分かる、彼の匂い。

思わずルーカスの背中に、腕を回していた。

もっとぎゅっと抱きしめてほしい。

そんなことを思ってしまうほどに、彼の匂いは郷の思考をダメにする。

思わず陶酔して目を閉じそうになった郷は、トントンと背中を叩かれてハッとした。

(今、俺なにしてた？)

自分の行動に驚いて、郷は「ご、ごめん」と勢いよく離れると、ルーカスは嬉しそうにニコニコと笑っていた。

「嬉しいよ、郷も俺に会いたかったってことでしょ？」

「そ、んなことはっ……」

「会いたくなかった？」

少し高い位置にある頭を傾《かし》げて、そう聞かれてしまったら、違うとは言えなかった。

実際、カレンダーに印をつけて楽しみにしていたのは、事実だ。

「会い、たかったですよ……というか、楽しみに、してました」

郷の言葉に、ルーカスはやっぱり嬉しそうだった。

耳が熱い。顔はマスクで隠れているけれど、照れているのは一目瞭然だろう。

「俺も楽しみだったよ。さー、行こうか」

そう言ってルーカスが郷の背中に手を添えた。大きな手から感じるそのぬくもりは、郷を安心させてくれる。

（この人、不思議だな……）

雰囲気のせいなのか分からないけれど、すんなりと彼のことを受け入れてしまっていた。

「まずは、俺の作ったものをちゃんと見てもらおう。それでもっと郷が俺のこと気になってくれるといいな」

最後の台詞《せりふ》はどういう意味だろうと思いつつ、それに対してはスルーしておくことにした。

「とりあえず、色々見たいです。それに仕事もちゃんとやりたいし」

それと同時に、ルーカスのことをもっと知りたいとも思っていた。この人がどんな思いで仕事をしているのか、どんなことを感じているのか、それを知ることで郷もイメージしやすくなるのだ。

工房はショールームの裏手にあって、ルーカス以外にも何人か働いていた。木を削る音や叩く音が、工房内に響いていた。

「ここでも作ってるんですね。本国で作っているものを持ってきてるのかと思ってました」

「うん、日本向けにね。日本の材料を使って、モーアンのデザインで作る。木の特性とかもあるし、なにより日本は湿度が高いから木のしなり方とかが違うんだよ」

だから現場で作った方がいいと思ったんだ、とルーカスが説明してくれた。

「そんなに違うんですか？」

「かなり、違うと思うよ。だから俺は日本に来てから木材を選んだり、日本語を再度勉強したりする準備期間を二年くらい作ったんだ」

日本人同士で話しているくらい、ルーカスは日本語が上手だ。それは彼が努力している証拠だった。そこまでするルーカスに郷はさらに好感を高めた。

「ルーカスも、作ったりするんですか？」

「うん、もちろん。プロトタイプは基本自分で作るよ。デザインするのが俺だから、俺しか分からないところがあるしね」

けど、とルーカスは言う。

「うちの職人さんたちはみんな技術が素晴らしいんだよ」

と誇らしげだった。

木の削れる匂いは、嫌いじゃないな、と思った。

自然の香りは、好きだ。

不快な気分になることがない。こんな時、自分は自然界に近い動物なんだなと思う。

「今日は具合悪くならなかった？」

マスクを外している郷に、ルーカスが聞いてくる。

「今日は、大丈夫です。こんな大切な日に体調崩すようなことはできないですし」

「ならよかった。いつもマスクしてるから心配だったんだ」

と口元を指差され、郷は納得した。

「これは……俺の鎧《よろい》みたいなもんなんで……」

「じゃあその鎧を取り払ってみたいな」

そう言ったルーカスの目が、キラリと光ったように見えた。まるで獲物を狙う猛獣のような気配に、一瞬だが背中がひやりとする。けれど次に彼を見たときには、いつもの温和な笑みを浮かべていた。

「冗談だよ？　怒った？」

郷がなにも答えないので、ルーカスは慌てて困った顔でこちらを覗き込んでくる。

「えっと、大丈夫ですよ。別に気にしてないので……」

とルーカスを安心させようとそう答えると、今度は残念そうな顔に変わる。

「え？　気にしてよ。俺としては郷の心の鎧も取り払いたいと思ってるから、ちょっと本気だったんだけど」

と言われ今度は郷の方が困ってしまった。

「ごめん、困らせた？　けどこんなに俺の作ったものを好きだと言ってくれる人と、仲良くなりたいと思うのは自然デショ？」

そう言われ郷は少し迷いながらも、「俺も、あなたと仲良くしたいです」と告げた。

するとルーカスが郷に抱きついてきた。

「よかった！　嫌だって言われたらどうしようかと思ったよ」

挨拶程度の軽いハグなのに、スキンシップに慣れていない郷は、ドキドキしてしまいどう反応したらいいのか分からない。

ルーカスにハグされた途端、工房の木の匂いの中に彼の甘い匂いが混ざってきた。

こんなに近くで匂いを嗅いだら、また体がおかしくなってしまいそうだ。

（この匂いは、やばい……）

郷が押し黙ってしまうと、ルーカスがどうしたの？　と顔を覗き込んでくる。

「俺の作業場も見る？」

そう聞かれ、郷は「見ます！」と即答していた。ルーカスが聞いてくれたおかげで、ここに来た理由を思い出せた。

「あの、できれば……ルーカスがどんなものにインスピレーションが湧くのか、そういうのも知りたいんですけど」

サイトとカタログを作る上で、ルーカスのことをもっと掘り下げて知っておきたい。そうしなければ、いいものを作れないと郷は思っている。

「いいよ、こっち来て」

ルーカスに案内されて連れていかれたところは、彼の作業部屋だった。

木を削り出す機械や、作業用の大きな台。それに工具などが置いてあった。

その工具は、どれも使い込まれているけれど手入れは行き届いていて、彼の細やかな性格がよく表れていた。

作業場の写真を撮らせてもらい、色々なものを収めてく。ファインダーを通して見ると、また別の見え方があり、そうすることで頭の中にアイデアが浮かぶこともあるのだ。なので現場を見せてもらえるのは、とてもありがたかった。

工房を見渡しているとその隅に、椅子が置かれているのが見えた。郷の視線の先になにがあるのか、分かったのだろう。ルーカスが手招きする。

「それはプロトタイプの椅子なんだ。座って話そうか」

「いいんですか？」

「どうぞどうぞ」

郷はその椅子に、ゆっくりと腰を下ろした。背中を預けると、しっくりくる。

「うわー……座りやすい」

思わずそう呟いて、郷は何度も立ったり座ったりを繰り返した。

デザインの良さと技術の高さを物語っていた。体にフィットするような感覚を、木で味わえるなんてルーカスのデザインの良さがよく分かった。人間工学に基づいてデザインをしているのだと、話してくれた。

「座面はクッションにしようと思ってるんだけど」

というので、まだ完成品ではないようだ。

「これでも俺は十分座り心地いいですよ！　ダイニングに置いたらいいだろうな〜」

「けどさ、やっぱり木だからいくら座りやすくても物理的に長時間当たる場所は、そのうち痛くなると思うんだよね」

「あ〜、確かに……」

言われてみればそうだ。いくら座り心地がよくても、坐骨や尾骨が硬い場所に当たれば、長時間に渡り座っているのはキツくなってしまう。

「できれば、クッションは低反発にして、お年寄りにもリラックスしてもらえる椅子にしたいんだよね」

ルーカスの提案に、郷は疑問を投げかけた。

「けど、そうするとイメージしていたデザインとは変わったりするんじゃないですか?」

「うーん……それは確かにあるけど。そこも全部踏まえて、いかにいいものを作るかが、職人でしょ?」

使う人がどんな人であれ、心地よくなければ意味がないよ、とルーカスは言った。

彼の作るものは材質にも作り方にもこだわっているはずだ。

特に木のぬくもりを大切にしていると、話していた。それでも、デザインだけにこだわるのではなく、どんな人が座っても居心地よく感じるかを考えている。

実用性を重視していることが、郷にはとても好ましかった。

たぶん、彼自身がとても優しい人なのだろう。その人柄が、作るものに滲み出ている気がした。

「俺、これいつか買いたいな」

自分のダイニングの家具をルーカスのもので揃《そろ》えて、いつかできる恋人とゆっくりと食事する。

そんな夢を持ってもいいだろう。

するとルーカスが、ふむ、と顎に指を当てて考え込む仕草をした。

「よかったら、この椅子、手直ししたら譲るよ? 格安で」

「え⁉」

思わぬ提案に、さすがの郷もそれはダメだろうと手を横に振る。この前もそんなことを言っていたけれど、本気にしていなかった。

相手はクライアントだし、しかもモーアンの家具はディスカウントをしていないのも調べて知っていた。

「ダメです！　この家具がどうやって作られているのかを知ったからこそ、安くなんて買えません！」

郷がそう言い返すと、ルーカスは目を見張ったあと、相好を崩した。

「嬉しいな……やっぱり郷にお願いして正解だった。ちゃんと、理解してくれる人だと思ったんだ」

だからだよ、とルーカスは言う。

「郷に、俺の作ったものを使ってほしいって思ったんだ。それにこれはプロトタイプだから商品ではないし、俺が作ったものだから遠慮なく使ってほしいんだ」

ルーカスの申し出に、郷は内心、もっとダメなやつじゃん、とツッコミを入れた。

彼が作ったものならば、なおさら価値が高い。

「ちゃんと自分で買いますから」

郷が何度言っても、ルーカスはその言葉を無視してしまう。

「今度、郷のおうちに持って行くね」

そう言うルーカスの顔が本当に嬉しそうなので、郷はそれ以上強く断ることができず、そのまま押し切られてしまいそうな気がしていた。


その後は、気を取り直してルーカスの話を聞いた。いわば、サイトを作る上での、インタビューみたいなものだ。

彼のルーツは、母国である北欧にあった。

森に囲まれた、自然の多い国。

彼の生まれ育った場所は、湖の畔《ほとり》にある城。

(ってことは、貴族とかそういう身分の人だったりするのかな?)

正直、郷にはヨーロッパの貴族のことなど、よく分からない。

城イコール貴族、という単純な思考だ。

ルーカスの家は、その森を先祖代々守ってきた一族だという。

「その森に住む人たちを守るのも、一族の仕事だった」

モーアン一族の所有しているその森は、家具を作るための良い資材を育て、そしてそれを加工する良い職人たちを抱えているのだという。

「俺は、小さな頃から森にある工房が遊び場だったんだ」

木の削れる音や匂いが好きだった、とルーカスは言う。

「その工房の親方が、子供でも対等に扱ってくれる人でね……俺はそれが嬉しかったんだ」

そういうルーカスの目は、どこか懐かしんでいて、本当にそこが好きだったんだなと郷は感じた。

「今も、そこで家具を作ってるですか？」

「もちろん。けど工房は場所が不便なこともあって、街の中心部にもう一つ大きめの工房を立ち上げたんだ。今はそちらがメインになっている。ありがたいことに、受注も増えて手狭になってしまったからね」

モーアンがここまで大きくなったのは、ルーカスの代になってからだと聞いた。

自国では昔から有名な老舗の家具メーカーだったらしいが、世界へ進出させたのはルーカスだった。

（もしかして……この人って俺が思ってるより、すごい人なのか……）

そんなすごい人に友達なりたいと言われて、光栄だと思うのと同時に何の変哲もない自分に、どうして興味を持ってくれたのか分からなかった。

「ルーカスは、自分の故郷をすごく大切にしてるんですね」

郷は感じたことを素直に伝える。けれど、当のルーカスは少し困ったように笑った。

「そう見えた？」

逆にそう問われ、郷は頷いた。

「森とか工房とか、あなたにとってとても大切な場所だったんだなって思いましたよ」

するとルーカスは「そうだね」と、言ったけれどその声はどこか迷いのあるようなものだった。

「自分の故郷も森も、大好きだよ……それは間違いないと思うけど、すべてを愛せているわけではないのかもしれない……」

それはどういう意味だろうか。

郷だって、日本の全部が好きかと言えばそうではない。

今の政治はろくでもないと思っているし、経済にも不満もある。

なにより、誰にも言えない秘密を抱えて生きている郷にとっては、その秘密が時には煩《わずら》わしい時もあった。

この体質や血族のしがらみを、解き放ちたいと思うこともしばしばだ。

だから、ルーカスの言っていることも、分かる気がした。

ただ郷が感じている愛国心より、きっと強いんだろうなと、そう感じたからそのままを伝えたのだ。

「それでも、あなたの作るものは温かくて優しいぬくもりがありますよ」

郷がそう伝えると、ルーカスは少しだけ目を伏せたあと、何かを吹っ切るような表情で、笑った。

「郷は、とても優しいね。俺が欲しかった言葉をくれる」

そう言われるとさすがに照れてしまう。

「あなたがクライアントだからですよ」

と、つい可愛《かわい》げのないことを言ってしまったけれど、ルーカスは気にもせずニコニコと笑っていた。

（ヤバい……な……）

彼の雰囲気は甘く、郷の胸をときめかせてしまいそうになる。

（同族じゃないのに）

そう思いながらも、ルーカスの放つ包み込むようなおおらかな空気に、惹かれてしまいそうな自分がいた。


「ずいぶんとご機嫌だな、郷」

郷と一緒に作業をしていたリュウが、そう声をかけてきた。

リュウは、北見と共に郷を支えてくれている大切な友人の一人だ。

付き合いが長い分、ちょっとした機微も気づかれてしまう。

「……そ、う?」

そんなに態度に出ていただろうか。

「鼻歌うたってたけど?」

と言われそれはわかりやすすぎる、と自分でも少し恥ずかしくなった。

なのでもう開き直ることにした。

「まあ、確かに楽しいよ。今回の仕事は自分が好きなところとだしな」

「そりゃ、そうか。で? コンセプトとかイメージとかできあがったの?」

リュウに聞かれ、郷は今回の仕事のコンセプトを思い浮かべた。

コンセプトは【森・緑・自然】。

ルーカスから感じた空気だ。ありきたりかもしれないが、これが一番しっくりときた。

あの座り心地のよさをみんなにも知ってもらうために、自分はこの仕事を頑張ろうと思えた。

ルーカスのことを思い出すと、自然と笑みが零《こぼ》れてしまう。

彼と一緒にいると、楽しい。

その楽しさを伝えられるような、明るいサイトとカタログにしたいと考えている。

今はそのイメージラフと、ホームページの大まかな作りを考えていたところだった。

上機嫌だったのは、この仕事が楽しいと感じるからだろう。

決してルーカスのことを考えているからではない、と自分に言い聞かせる。

「どんな感じになりそう？」

リュウが郷の作っているラフを、覗き込んでくる。

「まだ、大まかな感じだけど、自然のぬくもりを前面に出したいんだよな～」

時間が許すのであれば、彼の森へロケハンにも行きたいくらいだ。

来年の春をめどに、日本で大規模な展開をするというので、それに間に合わせる契約だ。

（俺が……乗り物にも弱いからな……さすがに北欧への旅は厳しそうなんだよな……）

嗅覚が一族の中でも強い郷は、そのせいで乗り物に酔いやすくなってしまっている。

この体質を少しだけ恨みたくなった。

良いものを作るための努力を惜しまない。惜しみたくないと思っているのに、それができないことが歯がゆくてしかたがなかった。

不意に、ルーカスが一緒なら、と思った。彼がそばに居てくれたのなら、どこへでも行けるんじゃないか、そんなことを思ってしまったのだ。

（いやいや、それは違うだろ……）

恋人にでもならないかぎり、ずっと一緒に居ることなんてできない。ルーカスは友達になりたいと言ってくれている。それに彼はクライアントなのだ。

けれど郷はもっとルーカスのことを知りたいと思っている。

（それに、楽しい……んだよな）

ルーカスと一緒に居るのが、何より楽しいのだ。

出会いは偶然だったけれど、それも必然に変わるかもしれない。

そんなことを思ってしまうくらいには、ルーカスに惹かれているということなのだろう。

（こんなに気になる人は……初めてだな……）

するとパソコンを覗き込んでいたリュウが、意外そうな声を出した。

「へー、なんか今までの郷とはちょっと違う感じがするね、これ」

そう言われて、郷はドキリとする。

「え？　俺っぽく、ないってこと？　ダメかな？」

不安になってそう聞くと、リュウは違う違うと笑う。

「逆だよ逆。違う感じだけどすごく良いってこと」

今まではポップなイメージが強かった郷のデザインだったが、今回はもっと大人っぽさが加わったと、リュウが言う。

長い付き合いの友人がそう言ってくれて郷はホッとした。

「なんか、優しい雰囲気だな」

「そう、感じる？」

「うん、メインが暖色なのもあるけど、差し色もとがった感じしないし、すごく良いと思うよ」

リュウの評価に、郷は思わず「よかった〜」と安堵の声を出した。

ルーカスを知らない人にも、彼の持っている大らかなイメージが伝わってくれた。

モーアンの家具のイメージは、自然の優しさだった。

「木の温《ぬく》もりっていうか、そういうのがすごくいいな〜って思えたよ」

「そうなんだよ、ここの家具は本当に座り心地もいいし、なんかこう、優しいって感じなんだよ！」

郷が熱く語るので、リュウがモーアンに興味を持ったようだ。

「へー、また途中経過見せてくれよ。どんなのがあるのか、俺も見てみたくなった」

「了解、時々チェックがてら、見てもらうわ」

「楽しみにしとく」

そう言ってリュウは、また自分の作業に戻っていった。

リュウのおかげで、自分の作っているものの方向性が間違えていないと分かって、郷はそのまま作業を続けた。

しばらくすると、事務所のインターフォンが鳴った。

「あれ？　集荷の時間にしては早いな……」

リュウと北見は、今昼ご飯を買いに行っていて留守にしている。

通販用の集荷は夕方にお願いしているのだが、なにかほかの荷物が届いたのだろうか。

「今行きまーす」

と大きな声で返事をすると、郷は玄関へ向かった。

「ご苦労様で……す……」

そう言いながらドアを開けると、そこに立っていたのは思いもよらぬ人だった。

「やあ、郷。ご機嫌いかが？」

ニコニコと大きな荷物を抱えて立っていたのは、ルーカスだった。

「え？　なんで……？　どうして、ここに？」

「名刺に事務所のアドレスが書いてあったから」

「いやそうじゃなくて……どうしてここにいるんですか？」

驚いている郷をよそに、ルーカスがその大きな荷物を差し出してきた。

「これ、プレゼントしたくて」

嫌な、予感がする。

見なくても中身が分かった。こんな大きな荷物はモーアンの家具に違いない。

「ちょっと待って……！」

ちゃんと買うと言ったのに、と困っていると、ルーカスは「これは俺のためだから」と言うのだ。

「どういう、こと？」

「うんとね、俺は郷と友達になりたいって言ったよね？　だから、俺が座るための、椅子を持ってきたってのはどう？」

郷の部屋に置かせてくれる？　とその人好きのするなんの含みもない笑顔で言われてしまったら、断ることなんてできなかった。

しかも郷のためではないという理由も、ずるい。

「だめ？」

と大きな男が首を傾げる。

そんなルーカスの仕草に、思わず郷の胸の奥がときめいてしまいそうだった。

「……ダメ、じゃないけど……ここじゃ、ダメです」

この部屋は郷の仕事場で、自宅ではない。

「じゃあ、受け取ってくれるってことだね」

と声を弾ませるルーカスは、感情を隠そうとしない。

喜びを、嬉しさを、躊躇《ちゅうちょ》なく表現するルーカスだからこそ、人から好かれる存在なのだろう。

郷はむしろ逆だ。自分の感情を表現することが苦手だ。それはもしかしたら、物理的に人が苦手なことが影響しているかもしれない。だからこそ、感情が豊かなルーカスが眩《まぶ》しくみえた。

「郷の部屋、見てみたいな」

「ルーカスが見ても面白くないと思いますけど……」

「それでも、見たい」

とルーカスは言い切るので、郷は「分かりました」と言うしかなかった。

なにより、大きな荷物をずっと持たせているのが悪くて、結局同じマンション内にある自宅へ、ルーカスを案内することになってしまった。

「重くないですか？」

「全然大丈夫。っていうか、今日は仕事で郷に会いに来たわけじゃないから、敬語はなしね」

と言われてしまい、郷はうっと喉を詰まらせた。

ルーカスは、名前は敬称無しで敬語もダメ、と言うのだ。けれど彼は郷にとっては大切なクライアントなのだ。確かに友達になりたいと言ったけれど、郷はそんな簡単に切り替えができるほど器用ではない。

だからこそ、ルーカスがこんな自分と友達になりたいと言ってくれることが、まだ信じられないでいた。

なのでその疑問を、ルーカスにぶつけてみた。

「あの、……どうしてそんなに俺に良くしてくれるんですか？」

するとルーカスは不思議そうな顔をしていた。まるで意味が分からない、と言っているような顔だった。

「友達になりたいことに、理由は必要？」

郷は自分が面白みのある人間ではないと自覚している。

五感が強すぎる体質と、そして自分たちには大きな秘密があるため、一族以外の人間と深く付き合うことを無意識のうちに避けてきた。

「特に、俺と友達になっても得することなんてないと思うんだけど……」

横に立つルーカスにそう告げると、ルーカスが荷物を持ったまま、少しかがんで郷の顔を覗き込んでくる。

「郷は、そんな寂しい理由で友達になるの？　俺は、友達に損得なんて求めてないよ」

その声はいつもの優しいものではなく、硬く怒っているようにも聞こえた。

（しまった……）

と思ったけれど、なんの共通点もないのに、どうして郷と友達になりたいと思うのか、理解できないのだ。

だから、それを正直にルーカスに告げた。

「たぶん俺に友達が少ないから……正直、あなたがしてくれることに対して……少し戸惑っているのが本音なんです」

目を合わせながら、逃げずにそう言うと、ふっとルーカスが目元を緩ませた。

そして、うーん、とわざとらしく考えるふりをする。

「偶然郷を助けて、そして仕事でまた再会した。それだけでも十分俺たちには縁があると思わない？　話も合うし、だから一緒にご飯食べたりする友達になって欲しいんだ」

もうルーカスはいつもと同じ笑みを浮かべて、郷の返事を待っているようだった。

「これはその友達の証《あかし》」

持っている荷物をひょいと軽くあげた。

「それはっ……」

もらえない、と言おうとしたけれど、ちょうどエレベーターが到着してしまい、ルーカスはさっさと降りて行ってしまった。

「郷の部屋はどこ？」

まったくこちらの言うことなど聞こうとしないルーカスに、諦めの溜息を吐きながら郷は「目の前」と言うと、カギを開け大荷物と共にルーカスを招き入れたのだった。

「郷、これは使ってもいい？」

郷の家のキッチンを我が物顔で使っているのは、ルーカスだ。冷蔵庫に入っている食材を取り出しては、郷に了承を得てくる。

あれからルーカスは、郷の家によく遊びに来るようになった。

「好きに使っていいよ」

「じゃあ、今日は簡単なスープとポテトのグラタンにしようかな」

冷蔵庫の中身は、いつの間にかルーカスが買ってきたもので溢《あふ》れていた。

グラタンを作る耐熱皿なんて、郷は持っていなかった。

けれどルーカスの得意料理の一つがグラタンで、それのためにわざわざ一緒に食器を買いに行った。

ほかにも調味料も、郷が使わないようなものが着々と増えている。

ハーブなんて、郷の作る料理に必要がなく、もちろん常備していなかった。

それが今は、たくさんのハーブの瓶が調味料の棚に並んでいた。正直郷には区別がつかない。みんな緑で細かく刻まれている草としか思えなかった。

けれどルーカスが作る料理には必要で、そしてそれは美味しいものになるのだ。

(それに、なんか……居心地がいいんだよな……ルーカスって)

百九十センチの男が、郷の部屋のキッチンに立って料理をしている姿は、思いのほか違和感がない。

キッチンのサイズは合っていないけれど、料理をするその背中を見るのは好きだった。

視線を感じたのか、ルーカスがこちらを振り返った。

「もう少し待って」

どうやら、郷が催促しているのだと思ったらしい。

「や、別にそういう意味じゃなかったんだけど……」

と小さく呟いて、郷はソファを立つ。そしてルーカスの隣に立った。

客に働かせておいて、自分は何もしてないのも居心地が悪い。

「なんか手伝うよ」

そう言うと、ルーカスが「ありがと」と笑った。

むしろ、いつも食事を作ってもらっている郷が、お礼を言うべきだ。

「じゃあ、簡単にサラダ作っておいて。野菜適当に盛るだけでいいよ」

そのくらいなら、普段料理をあまりしない郷にもできる。

「了解！」

元気よく返事をすると、郷は冷蔵庫の中を覗き適当に野菜を取り出した。

キャベツはスープに使っているし、それならレタスをちぎってキュウリやミニトマトを並べればいいだろう。

それでもまだ、彩りが少し足りない。

「うーん、コンロ使うの面倒くさいから、レンジでいっか」

小さめの耐熱ボールに少しだけ水を入れ、そして卵を割り入れる。黄身に穴を開け、そしてラップをしてレンジで一分ちょっとチンするだけだ。

料理とはほど遠いけれど、こうやって一緒に何か作るのが楽しいということを、ルーカスが教えてくれた。

「あ、郷。ちょっとそこからバジルとオレガノ取ってくれる？」

「はい」

目の前にある調味料が置いてある小さな棚から、言われたものを手に取った。

渡す時に、ルーカスの手が触れた。大きな手は少しガサついていて、職人の手だと思った。

思わずじっと見つめてしまうと、ルーカスが自分の手を見て苦笑する。

「これね、仕事柄どうしても荒れちゃうんだよ」

「俺は、かっこいいと思うよ……ちゃんと仕事をしている人の、手だ」

そう言うと、ルーカスは調味料を手に持っている郷の手を取った。

「郷の手も、ちゃんと仕事をしている人の手でしょ？」

プライドを持って仕事をしている人の手だよ、と言ってくれる。

こうやって、ルーカスは郷の心を溶かしてくれるようなことを言うのだ。それが嬉しいのに、なぜか胸の奥が苦しくなった。

郷の一族は——特殊だ。その秘密は北見にもリュウにも話せていない。

これだけは知られてはいけない秘密なのだ。

そんな一族の中で、郷の能力は高い方ではなかった。そのことが、劣等感になっていた。

同い年の駿と、能力の差があまりにも大きかったからだ。

彼は強い特殊な能力を持ち、それに加え今では人気俳優として活躍している。もう一方で郷は、同じ血族でありながらその特殊な能力はほぼ残っておらず、それなのにその血のせいで体調を悪くするばかりで、役に立たない存在でしかない。

だからこそ、仕事だけはプライドを持ってやっているつもりだ。

もっと大きな仕事をして成功すれば自信も持て、なにか変われるんじゃないかと、そう思っている。

それがこのモーアンの仕事であればいいと願っていた。

ルーカスは握っていた郷の手に力を込めると、すぐに離した。

それがまるで頑張れ、と言っているようで、郷の中に力が湧いてくる。

「うん、そうだな……俺は俺なりに仕事も自分の持てるものを出してるつもりだし……」

ただもう少しだけ、自信がほしい。

「ホームページの概要も、とてもよかったよ」

プライベートな時間に仕事の話は持ち込まないようにしようと言ったのは、ルーカスだった。

けれど、今あえてそう言ってくれたのは、郷を元気づけるためだろう。それが嬉しかった。

「よし、もうすぐできあがるからバケットを切って、ガーリックバターで焼こうかな」

ルーカスが話を切りかえて、まな板の上に買ってきたバケットを置く。

「あー、それ絶対美味しいやつじゃん」

少し焼いて溶けたバターもいいし、カリカリになったところをスープに浸して食べても美味しいだろう。

想像したらお腹《なか》が空《す》いてきた。

そんなことを考えていると、バケットを切っていたルーカスが小さく声を上げた。

「つっ！」

「どうしたの？」

心配して手元を覗き込むと、ルーカスの中指から血が滲《にじ》んでいた。それほど大きなキズではなくてホッとする。

「軽く指に刃が当たっちゃったみたいだ」

そう言ってルーカスが指を上げる。

「たいしたことないよ」

ちょっとドジッたな、と笑いながら指を洗い流そうとしたルーカスの血を見た瞬間、その指に吸い寄せられて、顔を近づけていく。

まるで催眠術にかかったようだった。

気がつけば郷は、ルーカスの指を咥《くわ》えてその血を舐《な》め上げた。

ルーカスから感じる、あの時よりさらに強い甘い匂い。

強い酒を飲んだような陶酔感。

もっと味わいたい。そう思ってさらにその指を強く吸うと、口の中に血の味が広がっていく。

「郷？」

ルーカスに名前を呼ばれ、ハッと我に返った。

今自分は何をしたのだろうか。人の指を、咥えて舐め回すなんて自分でも信じられなかった。

「ご、ごめん！　今、絆創膏《ばんそうこう》取ってくる」

慌てて指を離したけれど、言い訳が思いつかなかった。恥ずかしさと困惑とが入り交じり青ざめている郷を、ルーカスは笑い飛ばしてくれた。

「ははっ、大丈夫。犬みたいなことするね、郷」

可愛いから許す、と言われて、今度は顔が赤くなってしまった。

郷自身、正直驚いていた。

いくら特殊な血が入っているとはいえ、他人の血を舐めたいだなんて、思ったことはなか

GO.STYLE

った。

(なんてことしちゃったんだ俺!)

恥ずかしさのあまり頭を抱えていると、ルーカスがポンと肩を叩いた。

「さあ、これでできあがり。食べようか」

気にしてないから、と言うルーカスの笑顔にはなんの含みもなかった。

彼の笑みは人を安心させてくれる。それはきっとルーカスのこのおおらかな性格のなせるわざだろう。

ルーカスの言葉にホッとして、郷は腹の虫が唸《うな》っているのを感じた。

「うん、お腹空いたわ」

気を取り直してそう言うと、郷も作っていたサラダを盛り付けた皿を手に、テーブルへ向かった。

料理を並べるための縦長のテーブルクロスは、郷が選んだ色だ。

ルーカス側には、淡いグリーンを、自分側には、少し色を抑えてある黄色だ。

そしてそのダイニングテーブルは、ルーカスの作ったものだった。

来るたびに一作品ずつ持ち込まれ、あっという間にダイニングセットが揃ってしまった。

「テーブルクロス、いい色だね。この色は、俺をイメージして選んでくれたんでしょ?」

ルーカスが嬉しそうに言った。

それは間違いではない。好意とはいえ、ルーカスの作ったものを頂いたのだ。お礼の意味も込めて何かしたかった。

かといって、気の利くことは思い浮かばず、このくらいのことしかできなかったけれど。

それでもルーカスが喜んでくれているので、少しだけ恩返しができた気がした。

（もっとなにか、彼にしてあげられることがあればいいんだけれど）

けれど、見返りを求めるような人ではないことは、郷は知っている。

ルーカスをイメージしてクロスを選んだという言葉に、つい郷は照れ隠しで言い訳をしてしまう。

「たまたまルーカスっぽいなって思ったから、その色にしただけ……あと俺が好きな色でもあるから！」

素直じゃない郷をルーカスも分かってくれていて、気を悪くすることもなく聞き流してくれた。

「さあ、食べよう。郷が作ってくれたサラダも、美味しそうだ」

「適当にちぎって切って盛っただけだけどね。むしろルーカスが作ってくれたスープとグラタンの方が俺は気になってるから早く食べたい」

そう言って郷は、飲み物を準備して席に着いた。

向かい合って座る。もうこの場所が、定位置になっていた。

「いただきます」

手を合わせてそういうと、ルーカスも同じように手を合わせる。

「いただきます」

そう言ったルーカスが微笑《ほほえ》んだ。そして食事に手を伸ばした。

郷は特に食に詳しくないし、どこの料理だなんて区別もつかない。

ただ、ルーカスの料理はどれも美味しいと思う
特に、家で食べられることが郷にとっては一番ありがたい。

ルーカスには、郷が外食を苦手としていることを話した。やりとりを始めた頃、よく食事に誘われたことから、自分のことを話したのだ。もちろん特殊な一族のことは伏せている。

なのでデリバリーをよく使用していると話すと、それからルーカスは郷の家に来て食事を作ってくれるようになった。しかも郷が外出そのものを苦手としていることも分かってくれたようだった。

「それだと不便なことも、多いだろ？　けどもう俺がいるから、郷は何か困ったことがあったら俺に話すんだよ？」

と言ってくれた。その言葉で、郷の心がスッと軽くなった気がした。

今まで自分のことをちゃんと話せた相手は数少ない。北見とリュウ以外にはいないといってもいい。

すでにルーカスの家にも何度か遊びに行った。彼の家は居心地がよく、郷にとって友達の家に遊びに行く、ということ自体が新鮮だった。

そんな経験をできたのもルーカスのおかげで、郷は毎日が楽しく感じられていた。

おかげで仕事の方も、相乗効果ではかどっている。

ルーカスと会うようになってからは、規則正しい時間に仕事をするようになった。

自宅と同じマンションに職場があるため、今まではかなり不規則だった。

遅い時間に出勤して徹夜をすることもしばしばだった。

それがルーカスとの時間を作るために、午前中からしっかりと働くようになったのだ。

彼とは友達だ。

けれどルーカスとの時間を自分がどれだけ楽しみにしているか、そのためにどれだけ努力しているかは知られたくない。

まるで自分が必死になっているようで、そんな自分を認めたくなかった。

「あ、このポテトグラタン、美味しいね」

そう言ってもう一口、口に放り込んだ。美味しくて止まらないやつだと、郷は思った。

「よかった。そのソースをパンにのせても美味しいよ」

今日のグラタンもキノコやほうれん草なども入っていて、どんどんと食が進んでいく。

「人が作ったものって、美味しいのは何でだろう……」

思わずぽそりとそんなことを呟くと、ルーカスは肘をついて郷を覗き込んできた。

「それはね、愛情がたっぷりと入ってるからだよ」

なんてことを言う。

本気にするほど馬鹿ではないけれど、ルーカスみたいな人にこんなことを言われたら、勘違いしてしまう人も少なくないはずだ。

「ルーカスはタラシだな。そんなこと言われたら、本気にされるぞ？」

優しいし、気が利く。それに加え、容姿も抜群。日本語もうまくて、郷とばかり遊んでいるのが不思議なくらいだ。

「本気にしてくれてもいいけど？」

と冗談で返されて、郷は肩をすくめた。

「その愛情たっぷり入ってる料理は、ルーカスの国ではポピュラーなものなの？」

ルーカスの生まれ育った国は北欧の一部に当たる国だ。

「そうだね、ジャガイモ料理は多いかもな……あとは、やっぱりサーモンとか魚料理かな」

ルーカスの祖国の話を聞いて、その国に行ってその場で食べてみたいなと思った。

いつか一度くらいは行ってみたいとは思うのだが、なかなか踏ん切りもつかず今に至る。

（ルーカスが一緒なら……行きたいな）

彼と一緒に居るようになってから、郷の調子が悪くなることが少なくなった。

もしかしたら彼となら、乗り物に長時間乗れるんじゃないかとそう思えた。

（いつか、行けるといいな……）

そう思いながら、ルーカスの作ってくれたグラタンを口に入れる。

「美味しいな、ルーカスの作るものは、俺の好みなんだよね」

「郷は俺を乗せるのが上手いね。今度はもっと旨《うま》いものを食べさせてあげるからね」

楽しみに待ってて、と言うので、郷は慌ててそれを否定した。

「いや、別にまた作ってくれとか、もっと旨いものを食いたいとか、そういうわけじゃなくて……」

郷が焦って言い訳をすると、ルーカスが「分かってる分かってる」と笑った。

「けど、俺が郷に美味しいものを食べさせたいと思ってるだけだから」

そんなことを言われたら、自分のことを特別だと思っているのではないかと、誤解してしまいそうになってしまう。

「……いつも俺ばっかりが……いい思いしている気がする……」

今度、ルーカスのために何か用意しようと心に決める。

家具のお礼もまだちゃんとできていないのだ。

なのでリサーチするために、他愛もない話をしながら色々と話を振ってみることにした。

「ルーカスは自然の中で育ったんだよね？」

「そうだね、かなり自然の中かな。家の周りは森だしね……」

その話に郷はもしやと思った。森なら動物も多いはずだ。

ニホンオオカミは絶滅してしまったけれど、世界にはまだ狼《おおかみ》は存在している。

「じゃあ、狼とかも出るの？」

と思わず聞いてしまった。不自然じゃなかっただろうか。内心ドキドキしたけれど、特にルーカスは気にしている様子はなかった。

「狼か。日本にはもう居ないんだよね。俺は大学の時、日本に留学して日本語を専攻してたんだ。そのとき、狼についても少し調べたことがあったんだ」

「だから、そんなに日本語が上手だったのか」

打ち合わせの時に準備期間中に日本語の勉強をしたと言っていたけれど、それだけではないだろうとは思っていたが、謎が解けた。

「どうして狼についてなんて、調べたの？」

「うちの森には、狼がたくさん居るんだよね。だから日本にもまだ居るのかなって思ってね」

そう言ったルーカスが、「これ」と言って自分の携帯で撮った写真を見せてくれた。

「狼だ……」

「うん、ヨーロッパオオカミにしては大型でね」

見せてもらった写真の狼は、金と銀の毛を持ち、そして瞳は青く見えた。

「綺麗、だな……」

郷は思わずそう口に出ていた。

それは本心であって、なにより日本にはもう居なくなってしまった狼が、まだ生きていることが嬉しかった。

「よかった……」

絶滅してなくて。

自分たちの仲間はもう居ない。一族の血も、代々薄くなっている。今では普通の人より少し五感が鋭いくらいで、そのほかは何も変わりない。

郷の一族に流れる特殊な血。それは――狼の血だ。

狼に変身できるのは、一族の中でも駿だけだ。

けれど、違う種族でも狼の血が途絶えていないことがなにより嬉しかった。

「日本の狼は、そんなに大きくなかったんだって。けど二十世紀の初め頃に絶滅したって何かの本で読んだよ。色々と追われて、最後には殺されて……人間を……恨んでないかな」

と郷は言った。自分たちもその追いやられた種だけれど、今は人間として生きている。

だからこそ、この血を途絶えさせてはいけないのだと、そう聞かされてきた。

一族のために何かしたいと思う気持ちがあった。その最たるものが子孫を残すということだったけれど、兄と駿の姉である澪《みお》が結婚し子供を産んでくれたおかげで、その重圧からは逃れ、郷のやりたいことをさせてもらっていると思う。

するとルーカスが少し考え込んだあと、真面目《まじめ》な表情で話してきた。

「人間が絶やしてしまったものはたくさんあるよね。けどさ、俺はそれも運命だと思ってるよ。この地球が生きていて、俺たちはその中で生かされている小さな存在なだけなんだって思えば、淘汰《とうた》されていくことも仕方がない必然なんだってね」

ルーカスの考えも、また一つのあり方なのだろう。

「そう、なのかな……」

「そう思った方が、受け入れられることも増えるなって、俺が思っただけなんだけどね」

それが運命だったと思った方が、恨み続けるよりは心が平穏だとルーカスが言う。

「まあ、そう言われたら、そうか……」

「だろ?」

とルーカスが笑う。

ルーカスの考え方は、前向きだった。

だからなのだろうか。

一緒に居ると、そのポジティブなところが移る気がして、郷の気分も明るくなっていく。

「ルーカスは……すごいな。俺、すごく好きだわ」

と思わず口にして、ハッとした。

とんでもないことを言ってしまった気がする。

「今のはっ！　他意はない‼　人として、だよ！」

必死になって言い訳をする郷に、ルーカスが驚いて目を丸くしていた。

それは郷の必死さに驚いているのか、それともその前に言ってしまった言葉に対してなのか。そのあと、ふっと表情を緩めた。

「それでも嬉しいよ、郷」

そう言ったルーカスの表情は、いつものような優しいものとは少し違っていた。

男の色香を伴っていて、ふわりとあの甘い匂いが漂ってくる。

（ヤバい……）

と郷は慌てて席を立った。

「俺、片付けするよ」

ルーカスの匂いに引き寄せられて、体の奥がムズムズしてしまう。

彼の匂いを思い出してマスターベーションをしてしまった日から、ルーカスのこの匂いは郷にとってまるで媚薬のように感じられるのだ。

ルーカスは郷の態度を特に気にすることなく、いつもの優しい笑みを浮かべていた。

「じゃあ、俺は食後のコーヒーとデザートを用意しておくね」

そんなルーカスにホッとして、郷は後片付けを始めた。

その後は、いつもと変わりない他愛もない会話を楽しんだ。

気がつくと、かなり遅い時間になっていた。

「そろそろ、帰らないと」

とルーカスが腰を上げた。

「もうこんな時間……遅くまで引き留めてゴメン」

ルーカスとの時間は楽しくて、あっという間に過ぎていってしまう。それだけ郷が彼に心を許しているということでもあった。

「明日はちょっと面倒くさい仕事があるから来られないと思う。また連絡するよ」

そう言ったルーカスが、郷の方を振り向いた途端。

ふわりと香る、あの甘い匂い。

いつも以上に強いそれに当てられて、くらりと目の前が揺れた。

「郷！」

バランスを崩した郷を、大きく広い胸がすっぽりと包んでしまう。

（あっ……ヤバい……）

ずん、と体の奥が熱くなっていく。ドクドクとまるで体が脈打つようだった。

それと同時に、ルーカスがグッと郷の体を引き寄せた。

「あっ……」

思わず漏れた声は甘く、自分でも驚いた。まるで誘っているみたいな、甘い声。

「郷」

呼ばれて顔を上げると、青いとも銀とも取れるルーカスの目が、こちらを射貫いていた。

そしてゆっくりと近づいてきて、郷は「ああ、キスされるんだ」と頭の片隅で思いながら、それを受け入れるために目を閉じた。

そのキスが、嬉しい。少し硬い唇が触れ、とたんに我慢ができなくなった。

ルーカスの首に腕を回して、もっと深くと強請《ねだ》るように、自分から舌を絡めていく。

「んっ……」

「郷……」

ルーカスの囁く声もまた甘く、さらに匂いが強くなっていった。

ルーカスにキスされながら郷はただ、戸惑っていた。

どうして一族ではない彼に惹かれてしまうのか。一族のためを思うのなら、同族の女性と結婚するべきだと分かっているのに、ルーカスに想いが傾いていくのを止められなかった。

雰囲気に流されてキスをしてしまった。

郷が気まずさを感じていたのにもかかわらず、そのあともルーカスは特に変わった様子はなく、いつも通りだったのでホッとした。

キスのことには、触れない。

けれど、気になっている自分もいて、どうしたいのかよく分からないまま知らないふりをして過ごしている。

それにあの時はルーカスから感じる、あの甘い匂いが堪《たま》らなかった。

それは出会った頃に比べると、増しているような気がしている。

「郷、隣に来て」

今日も郷の部屋に来ていたルーカスが手招きする。淹《い》れ終わったコーヒーを手に、郷はルーカスの元へ向かう。

ソファに座って寛《くつろ》いでいるルーカスを見て、思わず笑みが漏れた。

「自分の家みたいだな」

「居心地がいいからね」

それはそうだ。ルーカスが座っているソファも、彼が作ったものなのだから。

「俺の部屋がいつの間にかルーカスのもので一杯だよ」

「だって郷は俺の作ったもの、好きでしょ？」

と自信満々に言う。

「そりゃ……座り心地もいいし、素敵だと思うけど……」

郷はそこで一度言葉を切り、そしてローテーブルにコーヒーを置いた。

「こんなにたくさん持ってきて！　俺んちの家具、全部ルーカスが作ったものになってるよ」

お金払えないよ、と溜息交じりに言う。

「俺が寛ぐために持ってきたんだから、お金なんていらないよ」

この問答も、何度したか分からない。

ルーカスが持ってくる家具は一点ものなのだ。しかもこの話になると必ず言われることがある。

「これは、俺の試作品だからそんなのにお金なんてもらえないよ」

と言われてしまうのだ。

だからこそ、値打ちものなんじゃないか、と郷は溜息を吐く。

「いいから、ここ座ってゆっくりしようよ」

ぽん、とルーカスが自分の隣に座れとクッションを叩いた。

木目のしっかりとしたアームレストに、格子柄になるように色違いに配置されたクッションが、アクセントになっていてそれがまたルーカスらしい。

しかも、そのクッションの素材も沈みすぎず、けれど体を預けると安定感のあるもので、一度座ると立ち上がるのが億劫《おっくう》になるという、人をダメにするようなクッションなのだ。

だから、それを見越して郷は先にコーヒーを淹れて持ってきた。

ルーカスが早く座れと言わんばかりに、何度もクッションを叩く。

郷は渋々という体を取りながらも、内心ドキドキしてしまっているのを誤魔化《ごまか》しながらルーカスの横に腰掛けた。

「はー、郷の体温だ～」

座った途端、ルーカスがその大きな体を郷に預けてくる。

「重いよ」

「いいじゃん、筋トレ筋トレ」

「なんのだよ」

こんな体勢でどこを鍛えるんだ、と思わず突っ込みたくなった。

右肩と腕に、ルーカスの重みを感じる。

彼の体温は、郷より高い。たぶん元々の基礎体温が違うのだろう。

こんな他愛もないふれあいが、心地よかった。

それに、ふわりと香るフレグランスのようなルーカスの匂いに、酔ってしまいそうになる。

いつの間にか、ルーカスの匂いと体温を感じるのが、当たり前になっていた。

(いつぶりだろう……こんなに普通に人に触れられても大丈夫なのは……)

同族以外の人間に触れられることが苦手だった郷にとって、ルーカスの存在はとても希有《けう》になっている。

正直、郷は人肌をあまり知らない。

同族の人間に対しても、どこかそのぬくもりに違和感を抱いていたような気がする。

大丈夫だったのは、家族、そして澪と駿。

彼らに触られることは、特になにも感じなかった。

だからきっと自分は一生一人なんだろうな、と心のどこかで思っていた。

触れられる人が限られていて、恋愛なんてできるわけなかった。

それなのに今は、彼に誰よりもすべてを預けられるような気がしていて、そのことに不安を感じないわけではなかった。

このまま、ルーカスを好きになっていってしまったら、どうなってしまうのだろうか。一族のためにならない恋を、してもいいのだろうか。そう何度も自分を問いただした。

「どうしたの？」

黙ってしまった郷に、ルーカスが声をかけてくる。

「いや、ちょっと……仕事のこと考えてただけ」

そう言って今度は寄りかかるルーカスに、郷が体を預け返した。

すると、頭を撫《な》でられた。仕事で疲れていると思ったのだろうか。労るような手の温かさが気持ちよくて、郷は静かに目を閉じる。

誰かに寄りかかれるということが、こんなにも気持ちを楽にしてくれる。それを教えてくれたのも、ルーカスだ。

郷の体質も——本当のことは言えないけれど——受け入れて付き合ってくれている。

(ずっと、こうして居られたらいいのにな……)

そう思ったのは、郷の本心だ。

けれどそれと同時に頭の中で警鐘が鳴る。

それは無理なことなのだと、自分にはあらがえぬ宿命があると、郷はもうとっくに知っていた。

一族の血を絶やさないために、力の弱い者の番《つが》う相手は同族のみという掟《おきて》があるのだ。

(苦しい、な……)

ずっと一緒に居たいと思っているということは、ルーカスに対して特別な感情を抱いているに等しい。

それを認めないように、これは友情だとずっと心に言い聞かせていた。

けれどそれも、限界だった。郷の心はこんなにもルーカスを求めてしまっている。

かといって、一族の掟を破るわけにはいかない。

駿のような強い力を、自分は持っていないのだから。

(潮時なのかな……)

ルーカスと一緒に居る時間が心地よくて、その時間をなくしたくなかったけれど、これ以上引き延ばして辛い思いをするのは郷の方だと思った。

郷は自分の気持ちを断ち切るためにも、彼と距離を取ろうと決心した。

そして「プライベートではしばらくの間会えなくなった」と伝えたのだ。

郷にしてみれば、思い切って気持ちを伝えたつもりだった。

けれど、そんな曖昧な言い回しが、外国人のルーカスに通じる訳がなかったと思い知った。

SNSでの連絡は毎日で、しかも時間があれば電話をかけてくる。

今は仕事に集中したいから、と言ってさすがに通話は断ったけれど、それでもメッセージはことあるごとに届く。

しばらくとは、どのくらいの時間を差すのか。

郷はその言葉を、ずっと、という意味で使ったつもりだったのに。

「こ、これじゃ、意味がないじゃん……」

郷の顔が見たいとか、声が聞きたいとか、まるでラブコールだ。

せっかく距離を取ろうと決意したのに、ルーカスはそんなことお構いなしだ。

距離を取りたいのなら、無視すればいいと分かっているけれど、そこまで非情になれないのは、郷の弱さだ。

それは、郷自身がルーカスのことを諦められないからでもあった。

【そろそろ、仕事も落ち着いた？　郷に会いに行っていいかな？】

今日もそんなメッセージが届いた。会わない宣言をしてからまだ一週間しか経《た》っていない。

「まだ、無理、です」

と口にしながらそう返信すると、【少しの時間も無理なの？】と悲しそうなメッセージが返ってくる。

【仕事が詰まってるから、会えるようになったらこっちから連絡するよ】

それは、もうないけれど。

そう心の中で呟きながらルーカスに返信すると、その後はもう携帯の電源を落とした。

「仕事、しよう……」

モーアンの仕事は、完璧にやりたい。それが郷にできる、精一杯のことだった。


仕事に集中している方が、気がまぎれる。ルーカスを忘れるために仕事に没頭した郷は、久しぶりに不規則な生活を繰り返していた。

ルーカスといた時が、いかに正しい生活をしていたのかを思い知る。朝起きて夜は寝る、という人間らしい生活を、今はできていない。

「郷、ちゃんとご飯食べてる？　部屋戻ってないだろう」

日中、事務所で作業をしているときに、北見が心配そうに声をかけてきた。

あれ、と思った。そういえば、いつの間に北見とリュウが事務所に来ていたんだろうか。

それすら気づいていなかった。

「あー……そういえば、なんかクラクラすると思った」

てっきり寝不足かと思っていたが、この感じはたぶん食事をするのを忘れていたため、低血糖を起こしている。

「ったく。最近は顔色もよかったし、飯もちゃんと食ってると思ったのに……しょうがないから、うどん作っておいたから食え今すぐ！」

と怒られてしまった。

北見とリュウは、二人とも面倒見がいい。郷が仕事に没頭してしまうと、昼も夜も、食事を取ることすら忘れてしまうのを知っているから、こうして声をかけてくれるのだ。

作業場にしている部屋から出ると、出汁《だし》の匂いが鼻をくすぐり、途端に腹の虫が鳴いた。

「あー、ほらやっぱりお前何にも食わずにいたな～」

梱包作業をするためリビングにいたリュウが、その腹の音に目くじらを立てた。

「ほら、座れ」

と北見に言われ、郷は大人しく従う。

するとの前に、鍋焼きうどんが差し出された。

「つゆは面倒くさかったから、市販のめんつゆだからな」

郷のために作ってくれたものなら、どんなものでもありがたい。

「いただきます」

そう言って手を合わせると、郷は作ってもらったうどんを食べ始めた。

（いつも、ルーカスは……俺のためにいろんなものを作ってくれてたな……）

郷の好きなものや、ルーカスの得意なものを、一緒に食べるのが、楽しかった。

それを手放す決意をしたのは自分なのに、もう恋しく感じる。

それだけ郷の生活に、ルーカスは入り込んでしまっていたのだ。

ほんの少しの間だったのに、彼の存在はこんなにも郷のなかで大きくなってしまっている。

「うまいな……」

「市販のめんつゆがな」

「いや、俺のために作ってくれたから、何でも美味しいんだよ」

そう言うと、北見がいたたまれないような顔をして、そして郷の背中をバシッと叩く。

「お前っ、恥ずかしいなもう！　どうしたんだよ急に」

そう言われ郷はそういえば、自分の思っていることをこんなに素直に口にするなんて、したことなかったかもと思った。

きっとそれは、ルーカスの影響だ。自分の感情に素直なルーカスと一緒に居たせいだろう。

郷も思ったことをそのまま口に出すようになっていた。

今までと同じだったら、きっと変われなかった。

ルーカスと出会ったから変われたのだ。

「いつも、ありがとうな」

俺のこと助けてくれて。

二人がいなかったら、今の仕事はできていなかった。

だからこそ、今まで口にできていなかった本音を言葉にして伝えた。

するとリュウが驚いたように目を見開いていた。

「もう～！　なんなんだよ～！　郷が可愛いぞ！」

と、悶《もだ》えていた。

「俺たちは、お前のこと好きだから手伝ってるだけだ」

それに給料いいしな、と北見が笑う。

「そうそう、友達が困ってたら手伝ってやるのは当たり前だから」

リュウはそう言うけれど、それが普通にできることの方が、すごいと思う。

「うん、だからありがとう」

今も、ルーカスのことを諦めないといけないと思うと苦しくて、つい無茶をしてしまった。

けれどその無茶を止めてくれる友人がいる。

郷にとって、それはすごく幸せなことなのだと、今になって気づいた。

もう二人は、無くしたくない大切な人たちになっていた。

「まあ、なんかあったのかなって思ってるけど、あんまり根詰めないで、そこそこにな。せっかくいい生活リズム作ったのに、壊すことないぞ」

そう窘《たしな》められて、郷は素直に、すみません、とうなだれた。

「言いたくなったら話くらい、聞いてやっからさ」

郷を心配してくれる彼らに、言えない秘密をずっと抱えていることが心苦しかったけれど、いつか話せる日が来たらいいな、と思う自分がいた。


体調を崩しかけた郷は、北見とリュウに帰宅命令を出され、早い時間に渋々自宅へと戻ってきた。

こんな時間に帰るのは、ルーカスと居たときには当たり前だった。

「飯、食わないと……また二人に怒られるよな……」

部屋はしん、と静まりかえっていて、今までとは違って見えた。

家具はルーカスの作ったものに入れ替えられ、自分の好みの部屋になっているけれど、そこかしこに彼の面影がチラついてしまい、今の郷には胸が苦しくなるものばかりだった。

キッチンもそうだ。

料理が上手く、作るのはもっぱらルーカスの方だった。一緒に居ることが、いつの間にか当たり前になっていた。

彼の使っていた調味料や、道具を見ると寂しさがこみ上げてくる。

ルーカスが居ないと、電気がついていても暗くて寒く感じた。

この部屋に居るとルーカスのことばかり考えてしまう。だから仕事に没頭していたかったのに、それは友人たちが許してくれなかった。

「なにも、ないな……」

ルーカスが来なくなってから、料理をすることも面倒くさくなってしまっていた。

郷はなにかできあいのもので済まそうと、近所のスーパーへ行くことにした。

マンションを出ると、冬の風が吹き付けていく。ぶるりと体を震わせて、肩をすぼめた。

空には欠けた月と、明るく光る一等星。星が綺麗に見えるようになってきたということは、寒さが増してきたんだと思いながら、ポケットに手を入れ歩き出そうとした時だった。

植え込みに大きな男が腰掛けていた。

「ルーカス……」

思わず名前を口にしていた。ハッと我に返り見つかったらやばいと踵を返す。

けれどルーカスが郷に気づき立ち上がると、こちらに向かってきた。

「郷！」

郷はその声に気づかないふりをして、足早にマンションへ入るけれど、リーチが違いすぎた。あっという間に追いつかれ、手を摑《つか》まれる。

「待っても待っても連絡くれないから、勝手に来ちゃったよ」

そう言ったルーカスは、郷の腕を摑んで離そうとしない。

郷は、自分の決意を簡単に崩してしまうルーカスに、溜息を吐いた。

「俺は、連絡するって言ったのに」

冷たい言葉は言えなかった。ルーカスのことを傷つけることは、本意ではない。

けれど言わなければいけない。

――もうあなたとは会えないと。

最後の決定的な言葉を言うのが、怖い。なにより、自分が傷付くことが一番怖いのだ。

踏ん切りのつけられない自分と、つけたくない気持ちの狭間《はざま》で、郷は唇を嚙《か》みしめた。

「郷。どうしたんだ？　俺が君を苦しめているのか？」

どうしてそんな辛そうな顔をしてるんだ、とルーカスに言われて、郷はとっさに顔を背けた。

「顔色も悪い」

せっかく顔色良くなってきてたのに、とルーカスが少し怒ったような声で言うと、郷の手を引いてエントランスに向かって歩き出した。

「ちょ、っと！　ルーカスっ」

もうルーカスを家に入れるわけにはいかない。これ以上、一緒に居たら辛くなるのは郷の方なのだ。

振り払おうとしようとしても、ルーカスの力は強かった。

それはそうだ。ルーカスは職人で力仕事をしているのだ。郷がかなうはずがなかった。

「離してよ、ルーカス！」

「やだ。郷が、俺のこと避けてる理由を聞かせてもらうまでは離さないよ」

その言葉に、郷はグッと喉を詰まらせた。

ルーカスは分かっていたのだ。郷が距離を置こうとしているのを分かっていて、知らないふりをしてくれていたのだ。

郷はその言葉を聞いて、それ以上は抵抗する気になれず、ルーカスに自宅へと連れ戻されたのだった。

「ご飯、食べよう」

部屋に入るとルーカスは郷の手を離し、そう言って笑った。

「やっぱり、俺がいない間、ちゃんと食べてなかっただろ?」

郷は返す言葉がなかった。

とにかく仕事ができればよかったので、食べることを疎かにしていた。

それが現実逃避だったこともよく分かっている。

けれど、ルーカスへの気持ちを認めることは、一族への裏切り行為のように感じて、引き返さないとと思ったのだ。

「座ってて。パスタならすぐ作れるから」

「え、いいよ。ルーカス……話、するんだろ?」

「やだ。それ話したら、郷は俺を追い出す気だろ?」

図星を指され、郷はそれ以上なにも言えなかった。

ルーカスはいつものように手際よく食事を作り上げると、こっちへ来いとダイニングへ郷を呼ぶ。

自分の家なのに、なんだか居心地が悪かった。

「郷。まずはちゃんとご飯食べて。顔色が悪い。体がちゃんとしてないと良いパフォーマンスができないでしょ?」

そう言われ、何も言い返せなかった。

その通りだった。

結局根を詰めてやった仕事は、どれもリテイクが出た。

「郷、ほら、食べるよ」

もう一度促されて、郷は大人しくいつもの定位置に座った。

向かいにはルーカスも座り、その光景にホッとしている自分がいた。

（ああ……いつもの明るい、俺の部屋だ）

ルーカスがいて、初めてこの部屋が完成する。

どれが欠けてもダメなのだと、分かってしまった。

「いただきます」

ルーカスに釣られて、郷も手を合わせた。

久しぶりにルーカスの美味しい食事を口にして、食べることの嬉しさを思い出していく。

「……旨い……」

「よかった。あり合わせだけどね。郷、全然ご飯作ってなかっただろ？」

ダメでしょ、と怒られた。

「なんか……食べたくなくて」

と口ごもりながら言い訳すると、ルーカスがわざと怒ったように眉を寄せる。

「郷は、色々と特別な体質だって自分で言ってたでしょ？　ならもっと気をつけないと」

母親に言われていることと同じようなことを注意され、なにも言い返せなかった。

「だからさ、また俺にご飯作らせてよ。俺のアピール、そんなに伝わってなかった？」

そんなことを言われ、郷は息が詰まるかと思った。

「な、なに……言ってるんだよ」

「なにって、ラブの方の告白」

ルーカスの言葉に、郷はただ戸惑うばかりだった。

本当は嬉しい。

けれど、自分はルーカスを選んでもいいのだろうか。番《つがい》にできるほどの力のない郷が、ルーカスと結ばれたら、一族の掟を破ってしまうことになる。

（女の人を好きになれない時点で、同じか……）

郷は自分のセクシャリティに自嘲するしかなかった。

俯《うつむ》いて考え込んでしまっていると、ルーカスが郷の前に来て手を取った。その手はいつもと変わらず温かく、それだけで涙が溢れてきそうだった。

触れるだけで嬉しい。こんなにも好きだと思える人は初めてだった。

そして手を取ったルーカスが、告白の続きを話し始めた。

「一緒にご飯食べて、楽しいことをして過ごす相手に、ラブを感じるのは当たり前でしょ？」

郷も同じでしょ？　と自信満々に言われ、もう否定する気にもなれなかった。それは自分の気持ちを、楽にしたかったからかもしれない。

「俺はずっとラブの意味で、郷のことが好きだったよ」

ルーカスが郷の手を握り、その甲にキスを落とす。そして手を引かれソファまで連れて行かれた。

手を繋《つな》いだまま横に座ると、ルーカスはもう一度郷に聞いてきた。

「俺は、郷のことが好きだよ。郷は？」

まっすぐな視線でそう聞かれ、郷は戸惑いながらもちゃんと答えないといけないというのだけは分かっていた。

いつまでも誤魔化してばかりいては、ルーカスに失礼だ。

「俺で、いいの？　俺は……なんの取り柄もない男だよ？」

その言葉は、郷の自信の無さの表れだ。欠陥だらけで、人から好かれるとは思わずに今まで生きてきた。だからついそんなネガティブなことを言ってしまう。

そんな郷をルーカスはちゃんと怒ってくれた。

「そんな言い方は良くないよ。自分にもっと自信を持って。俺はそのままの郷を好きになったんだから」

そう言われ、郷はただ嬉しかった。

一族の人間しか好きになってはいけない。そう思っていた郷は、本当の意味で人を好きになることなんてできないと思っていた。

それに特殊な体質のことも障害になっていた。

匂いも触れられるのも苦手。そんな自分が、セックスなんてできるわけない。

それなのにルーカスの触れる場所から、どんどんと熱が湧き上がっていく。

「郷」

まるで祈るようにルーカスが郷の手を合わせ、こちらを見る。

「あいしてる」

突然の、その言葉に郷は胸の奥がギュッと締め付けられて、言葉が出ない。

「え、っ……、あの、けどっ……」

いつもなら、なに言ってんだよと冗談で済ませられるのに、そんなことできなかった。

あまりにもルーカスの目が真剣だったからだ。

そんなルーカスに、いつもは逃がされていたことを知る。

郷が恋愛に慣れていないことを分かっていたのだろう。けれど今は逃げ道を塞《ふさ》がれて、それだけルーカスが本気なのだと示していた。

胸が、苦しい。こんな苦しさを郷は知らない。

押しつぶされそうで、けれど体の奥は火が付いたように熱くて、ルーカスから目が離せない。

じわりと背中に汗が滲んだその時だった。

ルーカスのあの甘い匂いが、郷の鼻腔を襲う。いつも以上に強いその匂いは、まるで熟成されたワインのようにフルーティで、芳醇な香りがする。

それと同時に、郷の体も熱を帯びていった。止めどなく湧き上がる熱は、じくじくと体の奥を疼かせていく。

「そんな目で見たら、オーケーだって思われても仕方ないよ、郷」

ちゃんと言葉で伝えて、と体を引かれ密着した。

どんな目を向けているかなんて、郷には分からない。ただ、ルーカスの気持ちを知って喜んでいる自分がいた。

日本人ではありえないその目の色が、キラキラと光って綺麗だった。その目に宿っているのは欲情で、郷はきっと自分も同じ目をしているんだと思った。

「郷、俺のこと好き?」

もうルーカスのことしか考えられなかった。匂いと体の奥から湧き上がる熱が、郷の思考を遮っていく。その問いに、素直に答えることしかできない。

「……好き、だ……」

小さくそう呟いた唇は、あっという間にルーカスに塞がれていた。

「……ふっ……んんっ」

人の匂いが苦手な郷が、欲情してキスをしている。この前から、ずっと忘れられなかったキスだ。

ルーカスの巧みなキスに、そんな思考もそがれていく。

ルーカスが何度も角度を変え、どんどんと郷の口の中を犯していった。

絡まる舌に、嫌悪感はなかった。

だからだろうか。もっと、と強請るように、無意識にルーカスにしがみついていた。

唇がゆっくりと離れていく。

「郷、すごい……可愛いね」

「かわい、っていうな」

「全部食べちゃいたいくらい俺にとっては、可愛いんだよ」

そう囁いたルーカスの声が聞いたことのないくらい甘く、体の奥がズンと重たくなるようだった。

「ルーカス……ここじゃやだ」

このソファを汚したくない。これはルーカスが作ってくれた大切なものなのだ。

郷がそう言うとルーカスがまた囁いてくる。

「郷のベッドルームに入っていいの?」

そこだけはルーカスを招き入れたことのない場所だった。それを分かっていたのだろう。

「……いいよ、ルーカスなら」

そう告げると郷はルーカスの手を取って、寝室へと向かった。

ここに他人を入れるのは初めてだった。眠る場所だけは、誰にも邪魔されたくなかった。誰の匂いも残したくなかったのだ。

けれどルーカスなら、いい。

ルーカスの匂いに包まれているのなら、それはきっと郷にとって至福の時になる。

「シンプルな部屋だね。今度はベッドをプレゼントしないと」

二人で寝ても大丈夫なやつね、と後ろから抱きしめられて、耳の後ろを舐められた。

「ちょ、っ……あ、」

ぞくりと背筋が痺れた。

そのまま上半身の服を脱がされて、そしてルーカスも手早く上着を脱ぎ捨てた。少し乾燥した寝室の空気が郷の肌を震わせる。

そんな郷のなめらかな肌に、直接ルーカスの手が触れた。

怖い、とは思わなかった。

その熱い手が優しいことを、もう郷は知っている。だからすべてを委ねることができるのだ。

「郷、こっち向いて」

もうその声に逆らうことはできなかった。

郷は言われるがままルーカスに向き直ると、今度は正面から抱きしめられた。

ルーカスの厚い胸板と太い腕。その逞《たくま》しさに、思わず息をのんだ。

自分とは違う体の造りに、嫉妬と羨望を抱くほどだった。

「格好いい……体、ずるい……」

郷がそう言ってルーカスの体に触れた。

「郷の肌は、まるでシルクだな」

ルーカスはルーカスで郷の体を観察していたようだ。

「そんな、いいもんじゃないよ」

苦笑して言い返すと、ルーカスがその唇を塞いできた。

郷はルーカスの逞しい首筋に腕を回し、もっとと強請った。

「ふっ……ん、んんっ」

抜ける息が、甘く響く。

自分がこんな声を出すなんて、思いもしなかった。

薄暗い中、窓からの月明かりだけが頼りだった。

「ルーカス……、俺、全部は初めてなんだ……」

その言葉にルーカスは半ば驚いたような顔をした。

確かに、郷の年で経験がないというのは、今のこの早熟な時代で珍しいだろう。

けれど、どうしても無理なものは無理だったのだ。

学生の頃は、それなりに好奇心もあったし、セックスがどんなものか知りたいという欲求もあった。

しかも、一族の掟のこともあり子孫を残すために、女性と付き合ってみたこともあった。

けれど、自分のセクシャリティを誤魔化すことはできなかった。結局最後までは至らず、そのせいで別れてしまったのは言うまでもない。

とにかく直接触れる肌が、もうダメだった。気持ちいいとは思えず勃たなかったのだ。

それからは無理に付き合いをすることは、止《や》めた。

やはり一族の人間としか結ばれることができないのだと、そう勝手に思い込んでいた。

だからルーカスと結ばれたら、自分のこの居る世界から、飛び出せるような気がする。

こうして触れあうことになんのためらいもなく、嫌悪感もない人間は今まで居たことがない。

それだけで彼は郷にとって特別な存在なのだ。

だから、本当のことを告げるのは、もっと怖かった。

けれどルーカスはそんな郷に、優しくついばむようなキスを落としてくれる。

「嬉しいよ、郷の初めてが、俺なんて」

と嬉しそうに笑った顔に、郷も安堵してまた彼の逞しい体に抱きついた。

郷は優しい目の野獣に、押し倒されていた。

見下ろしてくるその瞳はキラキラと輝いていて、郷はそこから目が離せなくなる。

上半身を重ねると、ほう、と溜息が漏れた。

人の体温が、こんなに気持ちが良いものだとは知らなかった。

体の奥から湧き上がってくる熱は止めどなく、ルーカスの熱をもっと感じたくて両手を伸ばした。

すると、彼らしい優しいキスが落ちてきた。

額に、頬に、鼻先に。

「郷、怖くない？」

唇に触れる前にそう問われ、郷は生娘みたいな扱いが気にくわなくて、自分からその唇を奪ってやった。

上唇を食《は》み、いやらしく舌を絡め、そして音を立てて唇を離し、挑発するように微笑むと、ルーカスの目が今まで以上に光って見えた。

「初めてなのに、そんなに煽《あお》って……あとで泣いてもしらないよ？」

優しい口調とは裏腹に、ルーカスの表情は飢えた獣のようで、ぞくりと背中が痺れた。

そんなルーカスにどんなことをされるのか、不安と期待が入り交じる。

「泣かせても、いいよ」

ルーカスにならすべてを委ねられるから、と郷がそう言うと、ふっと口元を緩めたルーカスが唇を塞いだ。

「んっ……ふっ……んん……」

今度は郷が上唇を食まれ、歯列をなぞられた。

唾液が混ざり合い、いやらしい音を立てて啜《すす》られると、耳からも犯されている気分になった。

それだけで、郷の中の熱が強くなる気がした。

「ルーカス……」

名を呼ぶと、大きな温かな指が郷の頬を撫でてくれる。

ホッとして吐き出した吐息が、甘いものへと変化していた。

「あ、っ……」

「郷、気持ちいいところ、全部教えてね」

ルーカスはそう言いながらその指をするりと滑らせて、郷の白い肌の上を、顎から首筋へと辿らせる。

「……あ、」

鎖骨をくすぐり、そして平らな胸を撫でていった。

「郷の肌は、気持ちが良い。ずっとこのまま触り続けてたい」

そう言ったルーカスにまた唇を塞がれた。

「んんっ」

その指は郷の胸を弄《いじ》り、小さな突起を指で弾《はじ》いては摘《つ》まみ、そしてまた指で捏《こ》ねた。

「ふっ……んっ、ふ、あっ……」

鼻から抜ける甘ったるい声が、自分のものとは思えない。

ルーカスは郷の声に満足したように微笑んだ。そして今度は体をずらし、郷の小さく尖《とが》り始めた胸の突起に熱いぬめった舌を這《は》わす。

「あ、あっ、ルー、カスっ……」

まさか胸だけで、こんなに感じてしまうなんて思わなかった。

その戸惑いから、思わずルーカスの柔らかいブロンズの髪に指を絡めた。

舌で転がされ突起が弾かれるたびに、腰が浮いてしまう。

そのせいで硬くなり始めている郷の中心を、ルーカスへ押しつけてしまい、羞恥が増した。

「あ、ばかっ、ルーカス、そこばっかり、舐めないでっ」

こんなに感じたことがなくて、乱れる自分が恥ずかしい。

「どうして？　気持ちが良いんでしょ？」

全部教えてって言ったよ、と囁かれ、郷は何度も首を横に振った。

「これ、よくない？」

そう聞きながら、ルーカスがまた郷の胸の突起を甘噛みする。

「ルーカスっ、ちょっと、まって」

「俺は、たくさん待ったよ」

会ってからずっと待ってたと言われてしまい、郷は思わずその言葉にときめいてしまった。

自分も同じだった。

たぶん、郷も出会ったときからルーカスに惹かれていた。

そして同じ時間を過ごしていくうちに、この人になら自分のすべてをさらけ出せる、そう思った。

なら、この恥じらいも捨てていいのだ。

恥ずかしさから閉じていた目を、そっと開ける。

淡いブルーの瞳は欲望に満ちているのと同時に、優しさも感じられて郷は、この人なら大丈夫と再確認した。

「ルーカス、キスしたい」

郷はそう言って両手を伸ばす。するとルーカスは郷の唇を軽く啄《ついば》んだ。

足りない。もっと強く深く、自分を満たしてほしい。

「もっと、」

そう告げると今度はもっと深く、郷の要望通りに舌を絡められた。

近くに感じるルーカスの匂い。

酔いそうなほど甘く強く、郷を満たしていく。

とたん、ズン、と腰の奥が重たくなった。熱が湧き上がり両足をすりあわせる。

自分の体が、今まで感じたことのないほどの熱を灯《とも》していた。

この奥に、誰も受け入れたことのない場所を、ルーカスのもので満たしてほしいと思ってしまっている。

こんなことを感じるのは初めてで、郷は自分がどこかおかしいと分かっているのに、その欲求が止められない。

「ルーカス、早く、いっぱい……して」

その郷の一言が、始まりだった。

郷の白い肌に、まるで花びらのような痕が、至る所に散らばっていた。

「やっ、だ、そこっ、吸わないでっ」

肢体をくねらせ身悶える郷を押さえ込んで、ルーカスはそこを強く吸い上げた。

「あああっ……！」

感じすぎて辛いなんて、知らなかった。

快感を逃がす術《すべ》が分からず体をくねらせるけれど、それをルーカスに押さえ込まれて、郷はただ甘い声を上げ続けた。

ルーカスの指が、今まで誰も受け入れたことのない場所を撫でていく。ゆっくりとその指を抜き差しされ、たまらずルーカスの手を止めようとしたが、それもかわされてしまった。

初めは違和感が強かったが、今はもっと奥をぐちゃぐちゃにしてほしいと思ってしまっている。

自分の体の異変に気づいているのに、止めることができなかった。

ルーカスが郷を傷つけないようにしてくれているのも分かって、大切にされていると思うとさらに強く求めてしまう。

「郷、これは痛くない？」

心配そうに問われ、郷が痛くない、と告げると、さらに指を増やされた。

そのたびに、郷の体は快感に小さく震えた。

「ああ、ヒクヒクしてる。気持ちがいいんだね、嬉しいよ」

片足を抱えられ、内股を強く吸われた。

た。

「郷の肌は、まるで飴《あめ》みたいだ。どこもかしこも甘くて美味しい」

ルーカスはそう言うと内股から膝、そして指の先まで舐めるから、郷はまた甘い声を上げた。

「あ、あああっ……」

そしてまた唇を塞がれた。

ルーカスのキスは優しくて、その度に自分は愛されていると思えてくる。

擦れあう舌先がじんじんとした。

その熱は体の奥からどんどんと湧き上がっていく。

濃厚なルーカスの匂い。もっとその匂いを強く感じたい。

「ルーカス……、の、触っていい？」

「いいけど……大丈夫？」

起き上がりルーカスと向き合うと、そんなことを聞かれた。

「大丈夫に決まってて、る……」

と語尾が小さくなったのは、ルーカスのものが自分のものとは大きさが違いすぎたからだ。

体の大きさが違うのだから、当たり前だ。

「お、っきいね……」

「そんなにマジマジ見られると……さすがの俺も……」

ルーカスの戸惑った声に、ずっとやられっぱなしは性に合わないと、少しだけ胸がすいた。

「触って、いい？」

ともう一度聞いてから、大きなそれに手を伸ばす。

びくりとルーカスの体が揺れた。それだけで郷は嬉しくなる。

「積極的なのは嬉しいけど、今日は郷を気持ちよくさせたいんだ」

と言って郷の手を止めようとするルーカスに、上目遣いで言い返した。

「俺もルーカスに気持ちよくなってほしいけど？」

そう言った郷をルーカスがまた押し倒してきた。

「それは、またの機会に取っておくよ」

ルーカスがこの先もあることを仄《ほの》めかして、そして郷の体を引き上げた。

それからは、もうただ気持ちよくなるばかりだった。

体中の至る所を愛撫され、体を震わせた。

あんなところも、そんなところも舐められて、郷はあられもない姿を晒《さら》す。

待って、といっても止めてくれなかった。

奥は熱を孕《はら》み、そこを埋め尽くされるのを待っているのに、ルーカスがそれを焦《じ》らすから、郷は涙を零して懇願したのだ。

「……もう、入れてっ……」

ルーカスは郷の涙を唇で拭いながら、その懇願を受け入れた。

「今日は、できるところまでね」

そう苦笑いするルーカスのそれは完全に勃ち上がっていた。

全部でもいいのに、と思う。

「好きに、してっ。ルーカスの、ものにしてくれるなら、なんでもいいよ」

郷の本心だった。ルーカスに委ね、郷はもうただ彼に従うだけだった。

一族のしがらみからも、救い出してくれればいいのに。

そんな都合のいいことを思ってしまうくらいには、ルーカスに身も心も全て預けきっていた。

「もう、ほんとに郷は……」

ルーカスはそう言うと、郷の額にキスを落とす。

奥を解《ほぐ》していた指を抜かれると、ルーカスの熱が押し当てられた。

郷はその衝撃に、一瞬息を詰めた。入口をゆっくりと押し開きながらルーカスのものが入り込んでくる。

まるでそこが性器になったみたいだった。

「あ、あ、んん、っ……」

苦しいだけだと思っていたのに、それとは違う感覚があって、郷は同時に戸惑いも湧いていた。

きっと、これは今まで感じたことのない、快感の一種だ。

特殊な自分たちの血のせいなのかは、分からない。

ただ痛みや違和感より、何かが体の中を這いずり回るようにムズムズした感覚が、ルーカスを受け入れている場所から湧き上がっていくのだ。

「やっ、ルーカスっ……」

グッとまた少し押し込まれ、郷はじゅわっと感じる熱さに、思わず体をくねらせた。

「郷？」

ルーカスも少し戸惑った声を上げた。

それは多分、ルーカスもまた郷の異変を感じたからだろう。

「あ、ああ、っん……ル、カス……もっと、奥、してぇっ」

そう懇願したと同時だった。

ルーカスが容赦なく、郷の中に入り込んできたのだ。

「ああぁっ、んっ、もっと、奥に、入れてっ」

初めてなのに、こんなに乱れる自分はやっぱりどこかおかしい。

それでも止めることはできない。

ルーカスを欲する気持ちは、もう誰にも止められない。

「郷、だめだ、すごい」

ルーカスが吐息混じりにそう呟いて、耐えるような顔をしていた。

すでに郷の中は、熟れてドロドロになっていて、粘膜がルーカスのものに絡みついて奥へと導いている。

その、先にもっと気持ちいいものが待っていると、郷の本能が告げていた。

ルーカスの腰に両足を絡め、そして強く引いた。

「ルーカス、のこれ……もっと奥にちょうだい。全部、俺にしてよ」

挑発したつもりは、あった。

郷をまるで生娘のように気遣っているルーカスに、自分はそんなにヤワじゃないと言いたかった。

「ほんとに郷には負ける」

苦笑して、ルーカスが長い髪をかき上げた。

そのとき、青い目が銀色に光った気がした。それと同時に、あの匂いが一気に増した。

それだけで郷の鼓動は跳ね上がり、そして体の奥が、また熱を生んだ。

「郷の中、すごい、熱くなった」

ルーカスがそう言って気持ちよさそうな顔をする。

そして「もう止められないからね」と、宣言した瞬間だった。

ルーカスが腰を大きく揺らし、強く叩きつけてきた。

「ああっ、あ、あ、あっ」

中をかき回すようにされ、腰を押さえ込まれ、また叩きつけられる。

その度に郷は大きく体をくねらせ、喉元を晒した。

「あ、だめっ、強いっ、ルーカスのそれ、おおきい、からっ……」

太く膨らんだそれが、郷の中を何度も行き来していた。

大きく引かれ、ゆっくりと押し込まれる。その度に引きずられる粘膜が、さらに郷の快感を呼んだ。

「あ、あ、ああ、ルーカスが、入ってくる」

「うん、ここに俺が、いる……すごい、嬉しい」

郷の奥の入り口の縁を撫でて、ルーカスが嬉しそうな顔をした。

それだけで郷はイキそうになってしまう。

「ルーカス、きもち、いい？」

そう問うと、ルーカスは髪をかき上げながら、「もちろん」と言った。

それが嬉しくて、郷は泣きたい気分になった。なぜそんな気持ちになったのかは分からない。

ただただ、幸せだった。

ルーカスの首に腕を伸ばす。
引き寄せたルーカスと唇を重ねると、やっぱり満たされた気持ちになれた。
この人と、一緒になれたらよかったのに。
けれどいつか、ルーカスと別れる日が来る。
それでも今はただ、この幸せをもっと感じていたい。
郷がもう一度キスを強請ると、ルーカスが言った。
「ねえ、俺の【番】になって?」
その言葉に、郷は一瞬、自分の気持ちが通じてしまったのかと思った。
(まさか、ね……)
誰かが間違えた日本語を教えたのだろう。
番、なんて言葉を使うのは、自分たちの一族か、もしくは動物に対してだ。
けれど、そう言われて郷は嬉しかった。
パートナーになってくれ、とルーカスはそう言ってくれたのだと分かったから。
驚いている郷がなにも言えずにいると、今度はルーカスが懇願する。
「郷、お願いだ。ウンと言って」
そう言いながらルーカスは、郷の奥を強く穿《うが》った。
「言ってくれないと、終わらないよ」

とそんなずるいことを言う。

「あ、あ、あっ、だめ、そこっ……だめぇ、」

もう郷の弱いところは、知られてしまっていた。

奥の奥。ルーカスしか届かないような場所に、強い快感があった。

そこを何度も執拗《しつよう》に攻め立てられながら、ルーカスが答えを求めてくるから、ずるい。

「郷……お願いだから、ウンって言って？」

郷はもうなにも考えられなかった。ただもう早くイキたい、イカせてほしいのにルーカスが、その答えを言うまで許してくれない。

郷はその言葉にただ何度も頷いていた。

「俺の、番に、なる？」

「なるっ、なるからぁ、もう……イカせて、ルーカスぅ」

ああ、と高い声を上げた。

もうそこからは訳が分からなかった。

揺さぶられて強く穿たれて、何度もイカせてと懇願した。

あ、あ、とただもう喘《あえ》ぐことしかできなかった。

「ああ、だめ、イクっ、イッちゃう……あ、あ、あああ――‼」

奥の奥で揺さぶられ、郷は目の前が真っ白になった。

ヒュッと、喉が絞まり、息ができなくなりそうなくらいの、快感。

ビクビクッと体が揺れ、熱の塊が中心から飛び出していく。

もう力も入らない郷に、ルーカスは言った。

「まだ、俺は終わってないから」

付き合ってね、と妖艶に笑った。

そして、郷は自分の言ったことを後悔したのだ。

「そんなに煽って、泣いてもしらないよって、言ったでしょ？」

そう言ったルーカスが、また郷の中をゆっくりと穿った。


「なんかさ～、最近ずいぶんとご機嫌じゃない？」

今日はそろそろ終わりにしようと、北見とリュウに声をかけたときに、そんなことを言われた。

「え？　な、なにが？」

「誤魔化せてないから～。お前、好きな人でもできただろ？　もしくは、もう付き合ってるかのどっちか」

と北見に言われ、郷は思わず動きを止めてしまった。

「ほんと、嘘つけないよなお前」

リュウにもそう言われてしまい、郷は「そんなんじゃないよ」と慌てて言い返すけれど、二人はまったく信じていない様子だった。

「だって、あれから徹夜はなくなったし、顔色はいいし、なんか艶々《つやつや》してるし、過敏症もちょっと治まってるみたいだし？」

きっと精神的に安定してるからじゃないの？　と言われぐうの音も出なかった。

確かに、すべてが当たっている。さすが長年友達をしているだけのことはある。

「べ、別にっ……付き合ってるとか、じゃないし……」

これは本当だ。あのとき言われた【番】の意味がまだ郷にはよく分からない。だから付き合っているとは、思っていなかった。

ただ互いに気持ちは同じだと思っているので、安心できている。

「え？　付き合ってないの？　けどよく遊んでんだろ？」

今日も約束しているのは事実だ。

これからルーカスは郷の部屋に来る予定だ。

「まあ……ほぼ、毎日……向こうの仕事が入ってなかったら、だいたい……」

「ええ、そんなのもう付き合ってるってのと同じじゃん」

のろけだ、と言われて郷は恥ずかしさで、思わず顔を背けてしまった。

「あ〜、郷が照れてるよ。顔が赤い赤い」

「うっさいわ！」

開き直ってそう言い返すと、二人は目を輝かせながら迫ってきた。

「どんな人？　年上？」

「どこで知り合ったの？　いつから付き合ってんだよ」

二人から興味津々に質問が飛んでくるので、郷は部屋の中を逃げ惑う。

「だからっ！　付き合ってないんだってば」

「えー、けど毎日遊んでんだろ？　っていうか遊ばれてる？」

とリュウが言うと、北見が彼の頭を叩いた。

「お前は余計なこと言うな！　今まで浮いた話のなかった郷に水をさすようなこと言うんじゃねぇ」

北見の心配に、郷は苦笑いする。

たぶん、相手がルーカスではなかったら、不安になっていたかもしれない。

けれど、彼に限ってそれはないと、信用している自分がいた。

「あの人は、そんなことする人じゃないから大丈夫だよ」

二人が心配しているのが分かっているから、郷はそう自信を持って言い返す。

会う度に囁かれる言葉は、郷を強くしている。

自分さえ、その言葉を信じていられるのなら、それでいいのだと。

郷の言葉に、二人は驚いたような顔をした。

「そっか……うん、よかったな、いい人と巡り会えて」

北見がそう言って郷の背中を軽く叩いた。

リュウはもっと話を聞きたそうな顔をしていたけれど、北見がそれを制止してくれた。

「まあ、そのうちどんな人か聞かせてくれよ」

「そのうち、な……」

郷はそう言ったけれど、心の中では言うことに対して戸惑いがあった。

相手が男性だと言ったら、二人はどう思うだろうか。

偏見があるような二人ではないのは、分かっている。

けれど、郷にとって二人は一緒に働いている仲間で、なにより数少ない友人なのだ。

「いつか、ちゃんと話すよ」

郷がいつになく真面目に言うと、北見とリュウは何かを感じ取ったらしく、茶化《ちゃか》すことなく「待ってるよ」と言ってくれた。

「さー、郷を早く解放してやろうぜ！　愛しき人が待ってるみたいだしさ」

「おう～、じゃあもう帰ろう帰ろう」

と今度はからうように言うと、二人は「また来週～」と、戸締まりを郷に任せさっさと仕事場を出て行った。

「なんだよ、まったく」

言いたいことだけ言って二人は帰ったので、郷も仕事場を後にした。

携帯の時計を見ると、「やばい」と急いでエレベーターへ向かう。

ルーカスとの約束の時間を過ぎていた。

きっと郷の部屋で、夕飯を作って待っているに違いない。

(早く、会いたい)

はやる気持ちを抑えきれず、郷は自分の部屋へと足早に向かったのだった。


「郷《ごう》、おかえり」

ルーカスに出迎えられて、軽くハグされる。

いつの間にか、そんな挨拶に慣れてしまった自分がいて、郷は思わず笑ってしまった。

「なんか、変なの。俺の部屋なのに」

「そんなことはないよ。ここはもう俺の家も同然。これももらったしね」

と手にしているのは、郷が渡した合鍵だ。

ルーカスが忙しいときももちろんあるので、毎日夕食を作ってくれるわけではない。そんなときは自分が会いに行くと言ったけれど、ルーカスは郷の体質を気遣ってくれて自分が会いに来るから大丈夫と言ってくれるのだ。

そんなルーカスに惹《ひ》かれないわけがない。

優しくされるのは、こそばゆい気持ちになるのと同時に、嬉《うれ》しいと感じる方が強い。

（ルーカスと一緒に居ると、自分も優しい気持ちになれるんだよな……）

ずっと、他人には心のどこかで緊張感を抱いて接してきた。

ちょっとしたことで、自分の素性が知られてしまう可能性もあるからだった。

それはルーカスにも同じことが言えるけれど、彼には本当の自分を知られてもいいと心のどこかで思っていた。

きっとルーカスなら、郷のすべてをそのまま受け入れてくれると信じているからだ。

それに一緒に居て気づいたことがあった。

それは郷が勝手に他人に感じていた緊張感は、心の壁だ。自分から心の壁を高くしてしまっていたのだ。

一族のこと、自分の秘密。

それらを言い訳にして、壁を作っていたのは郷自身だった。

「郷？」

思わず考え込んでしまっていた郷に、ルーカスが声をかけてくる。

正面から腰を抱かれ、すっぽりとルーカスの腕の中に収まってしまうのは、男としてどうなんだと思うけれど、それが心地よく感じてしまっているのも事実だった。

(この人が、好きなんだな……俺)

じっと見つめると、ルーカスがどうしたの？　と首を傾《かし》げた。

「なんでもない。ルーカスは今日もこっち来て平気だったの？」

「うん、ちゃんと仕事は全部終わらせてきたよ。郷が心配するからさ」

と言いながら、郷の額にキスをする。

ルーカスの会社は、今とても大切な時期だというのは郷も分かっている。

日本に本格的に進出するための準備期間だというのも、仕事で関わっているので重々承知していた。

それなのに、ルーカスは郷をいつも優先してくれている気がする。

忙しいときは無理しないでと伝えているのに、ルーカスは一向に聞き入れようとしない。

だからこそ、ルーカスを支えられるようになりたいと、郷は強く思う。

仕事でもプライベートでも、彼の役に立てるのなら幸せだ。

「俺が来たら迷惑？」

と寂しそうに言われてしまったら、ダメとは言えない。

けれど、そう言ってくれるからこそ、ルーカスに好かれていることを実感できているのも確かだった。

「そんなわけないだろ」

そう言って郷は、ルーカスの高い位置にある首筋にしがみついた。


ルーカスが準備してくれた夕飯を食べて、いつものように彼の作ったソファでゆっくりとした時間を過ごしていた時だった。

「ねえ、郷」

資料を読んでいた郷に、ルーカスが話しかけてきた。

「なに？」

集中していたので、少し放置しすぎてしまっただろうか。

つまらなかったかな、と思い資料を置くと、ルーカスはどこか思い詰めているような表情をしていた。

なにかあったのだろうか。

「どうしたの？」

いつも朗らかで明るいルーカスが、こんな表情をするのは珍しい。

郷はその手を取り、もう一度「どうしたの？」と彼の話を促すと、ルーカスが手を握り返してくる。

「実は……」

深刻な表情になにか悪い話なのではと、思わず息を詰めた。

「実は今月末の金曜は……俺の誕生日なんだ。その日だけは一日俺と一緒に過ごしてくれないか？」

その告白に、郷は思わず肩の力が抜けて、ルーカスに寄りかかった。

「なんだよ〜……そんな真剣な顔してるから、もっと悪いことかと思ったよ」

郷の言葉に、ルーカスは少し戸惑った顔をする。

「俺、そんな顔してた？」

自分でも、どんな顔をしていたのか分かっていなかったようだ。

「うん、思い詰めてる感じだったよ。そんなことなら、もちろんいいに決まってるじゃん。誕生日を一緒に過ごすくらい……休み取るよ」

そう郷が言うと、ルーカスはホッと息を吐き出した。そんなに緊張することでもないのに、と郷は小さく笑った。

けれど、ルーカスは違っていた。まだ硬い表情のまま、郷を抱きしめてくる。

「すごく大切なことなんだ……俺にとってはね」

もしかしたら、ルーカスの母国では誕生日を一緒に過ごすことは、何か特別な意味があるのかもしれない。日本とは違う文化だ。そう思えばルーカスのこの表情も納得できる。

「うん、分かった。誕生日は一緒に過ごそうな。どうしようか、どこか行く?」

そう聞くと、ルーカスは首を横に振る。

郷としては、好きな人の誕生日だ。何か特別に祝ってあげたいのだけれど、ルーカスはなにもしなくていいという。

「お願いだから他の予定は絶対に入れないでくれ」

そう懇願され、郷はルーカスを抱きしめ返した。

「大丈夫、入れないよ」

そう安心させるように背中をポンと叩《たた》くと、肩越しにルーカスの安堵《あんど》の吐息を感じた。

そして少し体を離して郷を見つめてくる。

「ありがとう。嬉しいよ郷」

やっといつもの笑みを浮かべたルーカスが、ゆっくりと顔を近づけてくると、郷の唇を塞《ふさ》いだ。

いつもの彼に戻ってくれて、郷もホッと胸をなで下ろす。

ルーカスから感じるその甘い匂いと口づけを、もっと欲しいと自分から舌を絡めていった。

（ルーカスの誕生日プレゼントはなににしようかな……）

モーアンのデザイナー兼オーナーという立場の人に、何かプレゼントするのは難しい。

けれど、ルーカスなら郷が一生懸命悩んで選んだ、というだけで喜んでくれるはずだ。

仕事の休憩中に、郷がネットで色々とプレゼントについて調べていた時だった。

携帯にメッセージが届いた。

「あれ、珍しい。兄さんだ」

いつも忙しくしているけれど、時々郷のことを心配して連絡を入れてくる。

兄は仕事上、色々な業界と繋《つな》がりがあるので、時々仕事を紹介してくれていた。特にWEBデザインはコネクションがないと、なかなか仕事に結びつかないのだ。

フリーランスで仕事を始めた頃に、兄が仕事を回してくれたおかげで軌道に乗り、今では頼らずに仕事ができている。

時々、兄の事務所からの仕事も頼まれることがあるので、今回もその連絡かなと思い、メッセージを開いてみた。

【話があるので、今日の夜そっちに行く】

と簡潔なメッセージが入っていた。

「なんだろ……」

特に最近は体調も悪くないことも、ちゃんと兄に報告していた。

【分かった。俺は七時には家に居るからいつでもどうぞ】

と返信して、郷は兄が来たらプレゼントの相談をしようと考えていた。

兄の情報量はものすごいので、参考にさせてもらおうと思ったのだ。

「軽く、何か作っておくか」

最近はルーカスが色々と作ってくれるおかげで、食材もそれなりに揃《そろ》っている。たまには兄に手料理を振る舞おうと、郷は冷蔵庫の中身をチェックした。

それとルーカスにもメッセージを送っておく。

【今日は、兄が家に来るので会えなくなりました。ごめん】

するとすぐに返事が来る。

【家族は大切にね。会えないのは寂しいけど我慢する】

語尾に添付されていた涙を流す絵文字に、思わず笑ってしまった。

大柄なルーカスの風貌にそぐわない、といったら、怒るだろうか。けれどそのギャップが彼らしさなのだ。

【俺も、会いたかったよ】

ほぼ毎日会っているのに、会えないと分かるとこんなにも会いたくなるものなのかと、小さく笑う。

それが、恋なんだと、自分は今、恋愛をしているんだと、そう実感していた。

午後八時過ぎに、匡《ただし》がやってきた。

結婚してから郷の部屋に来る機会が減り、久しぶりの訪問だった。

「なんか、変わったな。色々と」

部屋を見渡して、匡がそんなことを言う。

「家具を変えたからじゃない？」

匡の言葉に、ドキリとして郷は慌てて言い返した。

「ああ、そういえばそうだな。家具が……すべてモーアンのものになってる」

「知ってる、の？」

匡にはルーカスとプライベートで会っていることは、まだ話していなかった。報告するタイミングを逃してしまったのだ。そのせいでどこか後ろめたさを感じてしまう。

「知ってるに決まってるだろ。最近この家に入り浸っている相手が、モーアン氏だというのも、話に聞いている」

その言葉に、郷はひやりとしたものが背中に走った。

匡は、大きく溜息を吐《つ》くと、険しい表情を浮かべた。

「まさか、お前、だまされてるとかないだろうな？」

そう言われ、郷は慌てて否定する。

「そんな人じゃないよっ、大丈夫だから！　ちゃんとした仕事の依頼だったし、一緒に居るのは……俺が楽しいからだよ」

匡は昔から郷の体質を気にして、心配してくれていた。

その症状が年を追うごとにひどくなってしまったから、未《いま》だに過保護なのだ。

「北見《きたみ》くんとリュウくん以外の人間を受け入れるなんて……いったい彼とはどういう関係なんだ？」

と聞かれ、郷は言葉に詰まった。

友達ではない。はっきりとは言われてはいないけれど、恋人と言ってもいいと思える存在になっていた。

それに、郷が彼のことを好きだという気持ちは、さらに強くなった。

「……俺は、ルーカスのことが、好きだよ……」

それをどう受け取るかは、兄次第だ。郷はそう言ってしまってから、内心ドキドキしていた。匡は険しい表情のまま、そのことについては何も言わなかった。ただ、郷の体質のことを分かっているからこそ、疑問があったようだ。

「お前の嗅覚は、駿《しゅん》以上に強いものだ。そのお前が一族ではない人を家に入れて、大丈夫なはずがない」

と言ってきた。けれどルーカスだけは本当に害のない、希有《けう》な存在なのだ。

「大丈夫な人もいるかもしれないだろ」

と思わず言い返した。

仕事場でも、北見とリュウとは一緒に過ごしていられるし、すべての人がダメなわけではないのだ。

友人達の匂いは、感じるけれど不快なものではない。たぶん、それは郷が心を許せているという、気持ちの部分も大きいだろう。

「別に、お前が誰かと付き合うことを悪いと言っているんじゃないんだ」

それは、郷も分かっていた。心配してくれているのは、昔から知っている。

「俺たちの一族が、特殊だということを忘れるな」

その言葉に、郷の背中に冷たいものが走った。

郷の、のぼせ上がった気持ちを冷やすには、十分な言葉だった。

「お前とモーアン氏が、駿達のような関係だったとしたら、なおさらだ」

その言葉に郷は今度こそ青くなった。匡はやはり二人の関係を把握していたのだ。

「お前には、駿のような力はない。相手が一般人なら、傷つくのはお前だぞ？」

駿は一族の直系で、しかも唯一彼だけが狼《おおかみ》に変化できる存在だ。

その力の強さがあったからこそ、彼は一般人である日向《ひなた》のことを強制的に番《つがい》にすることができた。それが当主の力なのだ。

郷はただ五感が敏感というだけで、狼としての能力はほぼ皆無だ。

もし自分に駿のような力があれば、ルーカスを番にできたかもしれない。

昔からその力の差が、郷を傷つけてきた。別に駿が悪いわけではない。それが運命だった。

ただ自分の存在は一体何なのか。一族にとって、必要な存在なのかどうかも、分からない。

それが辛《つら》かった。

匡の言葉はそんな郷の心に突き刺さっていく。

「……分かってるよ」

「それなら、いいけど」

そう言って匡は郷の髪を、くしゃりと撫《な》でた。

小さな頃から、それが不器用な兄の励まし方だった。

傷つくのは、自分。

その傷は浅い方がいいと、匡はそう言いたいのだろう。

「……ただ、一緒にいたい、だけなんだよ……」

うなだれるように零《こぼ》したのは、郷の今の正直な気持ちだ。

「俺はただ、お前が心配なだけだ」

郷も匡も、器用な方ではない。

遊びで誰かと付き合うことなど、できるタイプではなく、匡もずっと澪《みお》一筋だった。

（やっと人を好きになれたのに……）

ルーカスのことを思うと、気持ちが明るくなって胸も温かくなる。そんな影響を郷に与えてくれるのは彼だけなのに。

（諦めないと、……だめなんだな……）

きっとこの先、ルーカスみたいな人は二度と現れない。

それなのに、近いうちにその手を離さなければいけないと思うと、胸が張り裂けるように痛む。

想像するだけでこんなにも苦しいのに、ルーカスから離れることなんてできるのだろうか。

俯《うつむ》いてしまった郷に、匡が「よく、考えておけよ」と肩を叩いて、そして土産の洋菓子を置いて帰っていった。

誰も居なくなった部屋で、郷はルーカスの持ってきてくれたソファに座り、背を預けた。

ルーカスの居ないこの部屋は、まるで暗闇と同じだ。

彼の存在が、この部屋を明るくしてくれていた。

太陽みたいなルーカスを無くしてしまったら、きっと郷はもう暗がりから出てこられなくなる。

ずっと一族の陰の存在として、一生を終えるだろう。

（それが、俺の運命なのかな……）

ルーカスと知り合う前の自分に戻るだけなのに、それがこんなにも怖いなんて。

今、離れなくても、いつかルーカスとは別れる日が必ず来るだろう。彼が自分の国に帰らない保証はどこにもない。

（遅いか、早いか……それだけなんだな……）

郷はそう自分に言い聞かせて、目を閉じると溢《あふ》れてしまった涙を隠すように、腕で目を覆った。

なにか迷っていることがあると、ルーカスは郷の欲しい言葉をくれた。

その存在が、郷には希望だった。

それなのにその手を離さなければいけないなんて。

（神様は、いじわるだな）

せっかく見つけた郷の半身を奪うのだから。

けれどもう少しの間、この幸せに浸っていたい。

郷は張り裂けそうな胸の痛みを堪《こら》えながら、窓の外の月を見つめていた。


しばらくして、携帯が鳴った。

ルーカスだ。

「もしもし?」

どうしてこうタイミングがいいのだろうか。まるで郷のして欲しいことを全て理解しているようだ。

『ごめんね、どうしても声が聞きたくなって』

とルーカスが電話の向こうで笑う。

「……俺も、聞きたかった」

そう言ったのと同時に、体の奥がかぁ、と熱くなった。

ルーカスの声を耳元で聞いてしまったら、どうしても我慢できなくなった。

あの甘くとろけるような匂いを嗅《か》ぎたい。なにより、ルーカスの体温を感じたいと、郷の本能が叫んでいた。

そう思った瞬間だった。

「……っ……」

体の奥が、じくりと疼《うず》きじわりと何かが湧き上がっていく。

まるで女性の性器のように中が濡《ぬ》れ、体液が溢れるような感覚が生まれていく。

欲求が抑えられなくて、郷はぶるりと体を震わせた。

『郷? どうしたの? 聞こえてる?』

今、口を開いたら、吐息が漏れてしまう。

『……郷？』

低く甘く痺《しび》れるようなルーカスの声色が、郷の耳をくすぐった。

「ぁっ……」

小さな、吐息が漏れてしまった。

尾骨の奥がジンジンして、郷の中心が膨れ上がっていく。

いつもと違う自分の体に、戸惑いが隠せない。

（なんだ、これ……）

「……ルーカス、……なんか、俺……おかしいよ……」

どうしよう、と堪えきれずに泣きついた。

ルーカスとしたくてしたくてたまらない。あの太くて熱いものを、この奥に埋め込んで欲しい。

湧き上がってくる欲を抑えきれず、あ、あ、あ、と喘《あえ》ぐ声を止められない。

ルーカスは郷に異変が起こっているのが分かったのだろう。『今から行くから待ってて』と言っていたような気がするけど、もう郷の思考はぐちゃぐちゃでよく聞こえなかった。

「はやくっ、きてぇ……」

泣きながら郷はソファに倒れ込んだ。

どうしてこんなことになっているのか、よく分からない。ルーカスと離れようとした反動が、体に出てしまったのだろうか。

なにもしていないのに、郷の中心は完全に勃ち上がり、先端からは蜜が溢れ下着を濡らしていた。

「どうなってんだよ……」

今まで郷は性に対して淡泊な方だと思っていた。

けれど、ルーカスと体を重ねるうちに、むしろ性欲が増して自分が性に貪欲だと知った。

けれど、こんなに我慢ができなくなるくらい、セックスがしたいと思うなんて今までなかった。

身動き一つ取るだけで、指先まで痺れが走っていく。

「あっ……」

ルーカスが来てくれるまで、我慢できそうにない。

熱を吐き出したいと、郷は自分の中心を取り握ると、小さなあえぎ声を上げながら、上下に扱《しご》く。

そこはもうパンパンに膨れあがり熱を孕《はら》んでいた。

「あ、ああ、っ……」

今、自分のそれを握ってくれているのが、ルーカスだったらどんなに気持ちいいか。

そう考えるだけで、あっという間に駆け上がっていく。

「んっ……ルーカスっ……あ、ああ――」

ビクビクと体を揺らしながら、手の中に生温かいものが吐き出されていった。

それなのに、郷の中にある欲望は、冷めるどころか、さらに熱さを増してしまう。

「なんだ、これ……」

自分でもよく分からない。なにか怪しい薬でも使っているみたいに、熱が湧き上がって止められない。

早くルーカスの硬く大きなもので、かき回され強く擦り上げられたい。

(足りない……もっと……いっぱいしたい……)

郷は自分の指を唾液で濡らすと、それを奥の入り口に忍ばせた。

すでにそこは期待に満ちてぐずぐずになっていて、指をすんなりと受け入れていく。自分の体がおかしいのは分かるのに、止められない。

「はっ……ん、あ、あっ……」

無理な体勢で、自分の中を指でかき回す。

足りない。

こんな細い指では満たされない。

もっと奥まで届く長い、ルーカスの指じゃなければ郷の気持ちのいい場所に届かない。

圧倒的に質量も強さも、彼とは違いすぎて物足りなかった。

「んっぁ、ルーカスっ……早く、……」

そう喘いだ時だった。

「ごめん、遅くなった」

いつの間にか到着していたルーカスが、郷の目の前に立っていた。そして乱れている姿を見た瞬間、その瞳に欲情の火が灯《とも》っていく。

とたん、ルーカスのあの甘い匂いが立ちこめて、郷はそれだけで甲高い声を上げた。

「ひっ……あ、あっ……ルーカス、ルーカスっ……」

今すぐここに入れて欲しい。

もうそれだけしか考えられなかった。

起き上がり、ルーカスにしがみつく。強く抱きしめ返されて、体が震えた。

「俺、……おかしい、……ああっ、だめ、早くっ……」

入れてと懇願すると、ルーカスは服を着たまま、ズボンの前だけを寛《くつろ》がせその大きな質量のものを取り出した。

「そこに手をついて」

そう言われるままに背もたれに手をつき、片足をソファにのせた。

そして腰を突き出すようにして、片手で薄い尻の肉を割るように開く。

「ここに、入れて、くれ……早く」

息を詰めたルーカスが、その硬直を郷の入り口に押し当てた。

「ああっ……ん、ああ、あ、あっ」

そのままグッと押し込まれ、郷は喉をのけぞらせた。

これが欲しかった。みっちりと隙間無く埋められた、ルーカスのものに自分のものが吸い付いていくのが分かった。

もっと、と強く欲している。

「あ……、きもち、いい……すごい……」

「ヤバいよ、郷……俺もすごくいい」

そう言ったルーカスが、ぐいっと奥に硬いものを突き入れてくる。

「ああっ……んっ」

引き抜かれ、そして強く叩きつけられた。肉のぶつかる音が、郷の部屋に響いて、それがまた郷の快感を誘った。

「もっと、いっぱい、突いて、奥にしてっ」

手加減なんていらない、と振り返ってルーカスにそう告げると、その目が銀色に光っていた。

まるで獣のように、いつもよりもっと鋭い視線が郷を射貫く。

それだけで、ぞくりと背中が痺れ体がうねった。

背中を反らすと、ルーカスがその窪《くぼ》みを舐《な》め上げて、そして首筋に歯を立ててくる。

その痛みすら、快感だった。

「ああっ、すごいっ……」

押し込まれ、襞《ひだ》がめくり上がるくらい引き抜かれ、そしてまた突き入れられる。

郷の中心はその度に揺れながら、雫《しずく》をソファに、床に、まき散らしていた。

「ソファ、よごし、ちゃった……」

郷の心配に、ルーカスが「まだ余裕だね」と言ってさらに腰を叩きつけてきた。

「ひっ……あ、あっ……」

仰《の》け反った先に見えたのは、窓の外の満月。

(ああ……そうか、そのせいか……)

曲がりなりにも自分の血には、狼の血が流れている。

満月の夜に、なにが起こってもおかしくなかった。

これではまるで――発情だ。

湧き上がる熱を、どうにかしてほしい。

もっと、と体の奥が欲している。

「俺が、上に乗る……」

郷は体を入れ替えると、ルーカスの上に跨《また》がって、そして腰を下ろしていく。

「はっ……ん、あ、……すご、い……」

自分の体重で、ルーカスを奥の奥まで飲み込んで、そして今までにないほどの快楽が脳の先まで駆け上がっていく。

「すごいね、郷……全部とろとろになってる」

そう言ったルーカスが、郷の尖《とが》ったままの小さな胸の突起に、歯を立てた。それと同時に腰を押さえ込んで突き上げてくる。

「あああっ、ダメ、だっ……いっしょ、にしないでっ」

胸の刺激が、いつも以上に強く感じた。

ルーカスの膝に跨がっている郷が、いつもとは逆に彼を見下ろしている。

近くにある瞳が煌《きら》めいていて、いつもと違う色に感じた。

そして郷の乳首を甘嚙《あまが》みする、その歯もいつも以上に尖っているように見えた。

そのせいなのか、胸への刺激が強くて、郷はその長い髪に指を差し込んでぐちゃぐちゃにかき回した。

「ああっ、ルーカス、それ、すごいからっ」

ダメと言いながら、勝手に腰が揺れてしまう。

ゆさゆさと腰をくねらせながら、ルーカスの腹に自分の反り立ったものを押しつけて刺激を求めていた。

「郷、すごい、綺麗《きれい》だ」

今までにないほど乱れている郷を、ルーカスは綺麗だと言ってくれた。

もう、なにも考えられない。

ただ、ルーカスが自分の中にいて、郷を満たしてくれる。

「やっぱり、郷は俺の、――だ」

ルーカスのつぶやきは、郷にはもう届かなかった。

ぐじゅぐじゅと、いやらしい音を響かせて、郷は腰を揺らし続けた。

「あ、あ、あっ……も、っと……強くしてっ」

「おおせのままに」

ルーカスが跨がる郷の腰を押さえ、下から力強く突き上げてくる。

今まで感じたことのないところまで、ルーカスが侵入してくるその感覚に、郷はただもう溺《おぼ》れていくだけだった。

舌も指先も頭の先まで痺れ、突き入れられる度に、その快感を逃がせずに喘ぎ泣く。

どうしてこんなにも性欲が抑えられないのか。

それは相手がルーカスだからだと、心の中でそうであって欲しいと願いながら、ルーカスの頭を抱え込んだ。

「あ、あ、ああっ――」

体を小さく震わせながら、郷はその体の熱を吐き出していった。

目の前が真っ白になって、ルーカスに力なくもたれかかる。

首筋から匂うルーカスの、あの甘い匂いが鼻腔をくすぐり、今達《い》ったばかりなのにまた体の中に灯《ひ》がともる。

「郷が、欲しくてたまらないよ。止められない」

そんなルーカスの目は、やはりいつもより輝いていて、郷の中に後悔が湧き上がっていた。

(俺の、せい……?)

郷とのセックスがルーカスの体に影響してしまったのだろうか。

ルーカスもいつも以上に欲情していて、それも自分のせいなのではと、泣きたくなった。

それなのに体はルーカスを欲していて、心と体がバラバラになってしまったみたいだった。

「郷?」

泣きそうな顔をしている郷に、ルーカスが心配そうに声をかけてくる。

「大丈夫、気持ち、良すぎただけだから」

だから、もっとして。

とルーカスに顔を見られないように首筋に抱きついた。

(これで、最後にするから)

これ以上一緒に居たら、ルーカスに何か悪い影響を与えてしまうかもしれない。

ならば、その前に離れなければ。

好きだからこそ、ルーカスに迷惑をかけるようなことはできない。

(俺に、駿みたいな力があったらよかったのに……)

そうすれば、ルーカスと番になれたのに。

ギュッ、とルーカスを抱きしめる。

「郷、どうしたの?」

ルーカスが郷の異変に気づいたのだろう。優しい声で問いかけてくる。

けれど、この気持ちは悟られてはいけない。

「ルーカス、大好きだよ」

その言葉を口にしたら、涙が溢れてきてしまった。

「あいしてるよ、郷」

ルーカスのこの甘い囁《ささや》きを、郷はきっと一生忘れないだろう。

(俺も、あいしてるよ……ルーカス)

その返せない言葉を、郷は心の中で呟《つぶや》いた。

郷は慣れない道のりをのんびりと歩いていた。

仕事をいつも通りに終えた、その帰り道。

本来は数分もかからないはずの帰路だが、今は違う。この道を通い始めて一週間が経《た》っていた。

郷は自分に起きた体の異常を、兄に話した。

すると心配した兄にしばらくの間、自分の目の届くところにいて欲しいと言われてしまったのだ。

今、モーアンの仕事は必要な資料も調い、作成期間だ。特に会社とのやりとりも頻回ではない時期になっていたので助かった。

兄が心配してくれているのが分かるから嫌とはいえず、郷はパソコンを持ち込んで駿のマンションで世話になっていた。

駿には断られると思っていたが、「一族の人を助けられない狭量な男でどうするの」と彼の番である三葉《みは》日向の一言で、了承を得られたのだという。

駿の番とは、何度も会ったことがある。

子供の頃、本家に行くといつも駿と一緒に居たのが、日向だった。

まさかその彼と駿が番になるとは思ってもいなかった。

そんな日向を仕事とはいえ、一人にするのを気にしていたらしい。駿は郷がマンションへ来るなら虫除けにちょうど良いと言いつつも、『日向にちょっかい出すんじゃねぇぞ』と釘《くぎ》を刺さしてくる。

今はそんな元気はないから安心してくれ、とあえて口に出さなかったのは、郷のささやかな意地悪だった。

駿が心配する気持ちも分からないではない。

駿の番である日向は、容姿もアイドルのように整っていて、でなおかつ面倒見がいいのだ。郷の食事をいつも用意してくれていて、ありがたいけれど申し訳ない気持ちにもなった。

気を遣わないでいいよ、と言うと、いつもやってることだから、と取り合ってくれなかった。

『俺も何かしてた方が、気が紛れるんで』

と笑った顔が、少し寂しそうだった。

日向は普段から駿の健康管理を任されているのだという。そのことを兄から教えてもらい、それならと食事に関してはありがたく甘えることにした。

『今度澪ねえと零《れい》も呼んで、ご飯食べましょう』

と、気遣ってくれる優しい人だ。

『そうだな、それも楽しいかも』

そんなことを話しながら、なんだかんだと日向とはうまくやれていると思う。

ルーカスとはあれから会っていない。会ってはダメだと、兄に止められている。

彼のせいで郷の体に変化が出てしまったと、兄は思っているらしい。

むしろ逆じゃないかと郷は思っていた。

郷のせいで、ルーカスにまでなにか影響を与えてしまっているような気がしてならなかった。

ルーカスと会わなくなってから、また自然と食が細くなってしまっていた。

ルーカスとの関係も、兄は分かっている。分かっているからこそ、郷に釘を刺したのだ。

けれど、それでも郷は、ルーカスのことが――好きで好きで仕方がない。

それでも一緒に居ることはできないと、そのことも分かっていた。

自分の気持ちと、現実との狭間《はざま》で、郷は自分がどうすればいいのか分からなくなってしまっていた。

ただ、ルーカスに会いたい。

それだけは変わらない、郷の気持ちだった。

そんなことを考えながら、郷はマンションまでの道のりを疲れた足取りで歩いていた。

マンションまではもうすぐで、郷は人通りの少ない裏道を歩きながら、夜空を見上げた。

星は、見えなかった。新月で月も夜空には浮かんでいなかった。

満月のあの日。ルーカスとの最後の夜を、郷はきっと忘れられないだろう。

（月を見たら、ルーカスを思い出しちゃうんだろうな……）

そう思っていること自体が、すでにルーカスのことを考えていると分かって、郷は首を横に振った。

（俺ってば、女々しい……）

はぁ、と溜息を吐いたときだった。

背後から突然殺気のようなものを感じ、振り返ると目の前にキラリと光るものが横切った。

「うわっ！」

切っ先が郷の前髪を掠《かす》める。

鈍く光るアーミーナイフが、目の前に振りかざされた。

襲ってきたのは黒ずくめの服を着た男で、ニット帽を目深にかぶっていてよく顔が見えない。

けれど、かすかに見える鼻筋や色の白さと髪の色で、日本人ではないのが分かった。

（なんだ、こいつ……）

本能が、ヤバいと告げていた。

人通りが少ない道を選んだことが、仇《あだ》になっている。

（ここじゃ、助けも呼べない）

なにより、自分が狙われる理由が分からない。

ただの窃盗なら荷物を狙ってくるだろうけれど、この男は郷を直接狙ってきた。

ということは、傷つけることを目的としている。

(参った……)

そう思っている郷は、自分でも驚くほど落ち着いていた。

じり、と後ずさりをすると、郷は上り坂を一気に駆け上がった。

後ろの気配も一緒に動き出した。

こんな時、狼の力が役に立つ。

見えていないのに、どのくらいの距離感があるのか、気配で分かるのだ。

一気に間を詰めてきた男に捕まりそうになった瞬間、身を翻しながらその脚を払って相手を倒した。

「くそっ!」

そう吐き捨てる男が立ち上がる前に、郷はナイフを蹴り飛ばす。

「おまわりさん、こっち!!」

郷がそう叫ぶと、男は舌打ちをして急いで起き上がるとナイフを拾い、今来た道を逃げていった。

「……あっぶなかった……」

郷はそう呟くと、大きく溜息を吐いた。

もちろん、警察官などいるわけがないし、呼んでもいない。ただのはったりだ。

とにかく早くマンションに戻ろう。また襲われないとも限らないと、郷は帰り道を急いだ。


マンションに戻ると、郷は安堵の溜息を吐いた。

駿の同居人である日向は、今日は不在だ。駿がいない間に実家に顔を出すと言っていたので助かった。彼を危ない目に遭わせたりしたら、郷が駿に殺されてしまう。

「兄さんには、連絡しておいた方がいいな……」

郷がどうして襲われたのかは分からない。相手が誰なのかも、特に身に覚えがなかった。

けれど、特別な血を引く一族の末裔《まつえい》ということもあり、いつどこで狙われるか分からない。

そのために幼い頃から護身術を仕込まれていた。駿の方が狼の力が強く、狙われる可能性が高かった。兄はそんな駿の教育係でもあり、そして郷は彼の相手役をしてきたのだ。

なのでそれなりに、体術には自信があった。

「おかげで、助かったぜ……」

子供の頃はイヤイヤやっていたことだったけれど、さすがに今回ばかりは感謝した。

もしかしたら、本家にも関わることかもしれない。

そうなると、駿や澪、それに兄の子供、零にも危険が及んでしまう。それだけは避けたかった。

郷は携帯を取り出すと、兄、匡に電話をかけた。

今起きた出来事を兄に告げると、『すぐに行くから絶対に家から出るな』と念を押され、郷は「分かった」と言うと電話を切った。

大きく溜息を吐いた。

正直、匡が来てくれるのはありがたかった。

さすがに今一人でいるのは心許《こころもと》なく、こんな時に来てくれるという兄には本当に感謝するしかない。

すると今度は、着信が入った。

誰だろうと思い画面を見ると、【ルーカス】と表示されていて、郷の胸が痛むくらいに苦しくなった。

「ルーカス……」

この電話に出たい。

あの優しい声で慰めてもらいたい。

大きな体で抱きしめて、安心させて欲しい。

けれどもう、それはできない。

彼とは会わない。そう決めたのだから。

それなのに、ルーカスの連絡を拒否しないでいるのは、郷の弱さだった。

手の中で震える携帯を、出ることもできずただ見つめていた。

そんな郷の気持ちを断ち切ったのは、玄関からの物音だった。

「郷、大丈夫か？」

そう言って入ってきたのは匡だった。慌ててきたのだろう。珍しく息が上がっていた。

「うん、大丈夫。護身術が、本当に役に立ったわ」

と苦笑いを返すと、郷の無事を確認した匡が、ホッと息を吐き出したのが分かった。

着ていたジャケットを脱ぐと、それをダイニングの椅子にかけ腰掛けた。

「それで？　どんなやつだったんだ？　お前を襲ったのは」

兄にそう聞かれて、郷は自分に起きたことを冷静に思い返していた。

「多分、外国人だった。あと……真後ろに来られるまで、俺、気付かなかったんだよね」

とその時の状況を思い出していた。

「お前が気付かなかったのか？」

そう言って匡が驚いた。

人狼一族は、五感が一般人より発達している。その中でも嗅覚が異常なまでに強く、そして聴覚もそれなりに高いのだ。

それなのに、どちらも察知できなかった。匂いもなく、近づいてくる足音もしなかった。

それは故意に、そうできる相手ということになる。

特殊な訓練を受けた人間、あるいは、郷達と同じような人種。

「ただの、強盗だったのかな……？」

たまたま狙われただけだったのか。

郷の言葉に、匡は少し考え込むような仕草をしたあと、強い視線をこちらに向けてきた。

「最近、お前の周りには外国人がいるじゃないか」

その言葉は暗にルーカスのことを言っているのだとわかり、郷はカッとなった。

「ルーカスはそんなことするようなやつじゃいないよ！」

そう言い返すけれど、匡は引かなかった。

「けど、お前が家にまで入れられるやつだぞ？　お前が気配に気付かないのも無理ない」

そう言われ、郷は違うと何度も首を横に振る。

ルーカスが、そんなことするわけない。

「だからって俺を襲う理由はないだろ！　それに……」

と郷は言葉を切った。

もし、ルーカスが近くに来たなら分かる。

「ルーカスの匂いは……特別なんだ。だからむしろ分からない方がおかしいはず」

そう言うと、匡の顔が変わった。

「どういうことだ？　特別っていうのはなんだ？　あいつの正体をお前は知っていたのか？」

「正体って……なに？」

郷はただ、あの特別な甘い匂いに気付かないなはずがないと、そう思っただけだ。

けれど匡は、ルーカスの正体と言った。それはいったい何のことなんだろうか。

「どういうこと？　兄さん」

匡は、ルーカスの何を知っているというのだろうか。

はぁ、と大きく溜息を吐くと、「だから心配だったんだ」と匡は言った。

そして次の言葉に郷は耳を疑った。

「あいつは、俺たちと同じ――人狼だ」

その衝撃的な事実に血の気が引いていく。

「……え？　なに、それ……」

そんなの聞いてないし、知らない。

――ルーカスが、自分たちと同じだなんて。

「だからお前は、あの男に騙《だま》されている可能性が高い」

匡はルーカスのことを、よく思っていないのだろう。

けれど、ルーカスのことは郷の方がよく知っている。あの優しいルーカスがそんなことするわけがない。

頭ではそう思っていても、匡の言葉に揺さぶられている自分がいた。

もし彼が同族で襲ってきた犯人ならば、郷に気付かれないように近づいてこられたことも納得できる。

そんな揺れる郷に、匡が追い打ちをかけてくる。

「お前が他人を受け入れられたことが、俺には腑《ふ》に落ちなくてな。色々と調べさせてもらった」

「色々、って……」

そう言って思わず視線が揺れる。なにか、嫌な予感がする。

「彼はヨーロッパに生息している人狼一族の――当主だ」

ドクン、と大きく心臓が跳ねた。

「なに……そ、れ……」

一族の当主、ということは力が強いということだ。

(ルーカスは、俺に嘘を、ついてたのか？)

信じたくなかった。

ルーカスのことを信じていたのに。

郷が動揺していると分かっていても、匡は話を止めなかった。

「昔からヨーロッパには狼の伝説はたくさん残っている。俺たちと同じような人種がいてもおかしくはないと、以前から本家で調査はしていたんだ」

自分たちと同じような人種がいるのなら把握しておいた方がいいと、その昔から調査をしてきたのだという。

匡は、その調査にずっと携わってきたらしい。郷は自分の兄がそんなことを調べていたなんて、聞いたことがなかった。それは一族の中でも極秘で動いていたからなのだろう。

その中で、ルーカス達の一族の存在を知ったのだという。

「あいつは何かお前を利用しようとしていたんじゃないか？」

そう言われ郷は、首を横に振る。

違う。ルーカスがそんなこと、するはずがない。

そう信じたいのに、ルーカスが郷自身に興味を持った理由が、同じ人狼の血を引いているからだとしか思えなくなっていく。

そのほかに、理由が見つからない。

郷を見張っていたのなら、あのとき具合が悪くなった時に近づいてきたことも、納得できる。彼の力をもってすれば、郷の素性を調べることなどたやすいことだっただろう。

自分を好きだと言ってくれたことを、信じられなくなってしまいそうで悲しかった。

けれど、あいしてると言ってくれたルーカスを信じたい。

ならば、本人に聞くのが一番早い。

「確かめてくるっ」

「おい！　郷！」

匡の引き留める声が聞こえたけれど、郷は足を止めなかった。

他の人から真実を聞くくらいなら、ルーカスの口から聞きたい。

もしそれが匡の言うとおりだったとしても、ルーカスの言葉で言われた方がましだと思ったのだ。

（ルーカスっ……）

自分を好きだと言った気持ちまで否定しないでくれと願いながら、郷はタクシーを拾える大通りまでひた走った。

焦っていたせいで、周りが見えなくなっていた。

「うわっ！」

急に足元を掬《すく》われ勢いよく転んでしまった。細い脇道に隠れていた男が飛び出してきて、郷の足を払ったのだ。

すぐに立ち上がり、応戦しようとしたけれど、足首に激痛が走り立ち上がることができない。

「ってぇ……くそっ」

上手く受け身は取れたけれど、転んだときに思い切り捻《ひね》ってしまったようだ。

「Ta ham!!（捕まえろ！）」

「ふざけんなっ」

そう言って郷は片足でどうにか立ち上がるけれど、上手《うま》く力を乗せることができない。

（ヤバい……）

このままではやられてしまう。

しかも相手は二人だ。怪我《けが》をしたまま勝てるとは思えない。

さっき、郷が応戦したことでこちらの出方を窺《うかが》っているようだった。

匡に電話をしようかとポケットの中の携帯を探るけれど、少しでも動けば相手が飛びかかってきそうな勢いだ。

（どう、しよう……）

一人はかわすことができたとしても、もう一人は難しい。

どうしようかなんて、考えている暇は与えてくれなかった。

「GO!」

そのかけ声で、二人が一斉に動き、郷は逃げようと足に力を入れた瞬間、痛みで顔を歪《ゆが》めた。

「くそっ」

腕を掴《つか》まれて、捻り上げられた。

「大人《おとな》しくしてもらおうか。お前は餌になってもらう」

日本語でそう言われたときだった。不意に摑まれていた手が自由になり、その代わりその男がうめき声を上げた。

「大人しくするのは、お前達の方だ」

その言葉と共に、大きなシルエットが郷に影を落としていた。

「ルーカス……」

その名前を呼んだ瞬間に、自分が安堵したのが分かった。

郷を襲った男の手を捻り上げているルーカスの顔は、街灯の逆光で見えない。

けれどその中で瞳だけが青い炎をたたえていた。

「彼に、危害を加えることは、許さない」

威厳のある、征服者の声。

郷の知っているルーカスとは違う、今まで聞いたことのないほど、冷たい声だった。

「誰に頼まれた？」

腕をさらに強く捻り上げられた男が、痛みに耐えかねてさらにうめき声を上げた。

このままでは本当に骨が折れてしまう。

「ルーカスっ」

郷の声と同時に、もう一人の男がルーカスに襲いかかってきた。かわすためにルーカスが摑まえていた男の手を離すと、一気に距離を取り男達はそのまま闇に消えていった。

ルーカスはその男達を追うことはしなかった。ただ、拳《こぶし》が強く握られていて震えていた。

優しい彼が怒りで震えていることが、悲しかった。

「ルーカス」

するとその声に我に返ったルーカスが、座り込んでいる郷を振り返った。そして安堵の溜息と共に抱きしめてきた。

すっぽりと包み込まれ、そのルーカスの体温に、郷も溜息を漏らした。

「ルーカス……」

名前を呼んで、そしてその大きな背中に腕を回した。

この温《ぬく》もりを、ずっと求めていた。

「郷、よかった……遅くなってすまない……」

その言葉に、ルーカスがこの襲撃の犯人ではないと分かったのと同時に、関わりがあることも分かってしまった。

助けに来てくれた。嬉しいのに、兄に聞かされたことが脳裏に残っていて、素直になれないのも事実だった。

「怪我は？」

ルーカスが体を離すと、夜の風が冷たく感じて身震いした。

「足首を捻ったみたいだ」

「とりあえず、家に戻ろう」

そう言われ郷は立ち上がろうとしたけれど、足首の痛みがひどくてよろけてしまった。

それをルーカスが支えてくれる。近くにいると感じる、この甘い匂いは彼が同族だという証《あかし》だ。

痛みがひどく何度も立ち止まると、ルーカスが手を差し出してきた。

「歩けなさそうだね」

「うわっ」

ひょい、と子供みたいに肩に抱え上げられてしまった。

「歩けるよ」

「無理しない方がいい」

「重いだろ？」

それに恥ずかしい、と郷が言うと、ルーカスの声が少し笑っていた。

「木材より軽いから大丈夫。それに見かけより細いしね」

その言葉にすべてを彼にさらけ出していることを思い出して、さらに恥ずかしくなった。

するとルーカスが「どこに行けばいいの？」と聞いてくる。

「すぐそこのマンションに行って」

郷の言葉に、ルーカスが小さな溜息を吐いたのが分かった。

「どうりで君の部屋に行っても無駄なはずだな」

そう言うと、ルーカスはマンションへ向かい歩き始める。郷はそれに対してなにも言い返せなかった。


部屋に戻るともう一波乱待っていた。

兄の匡だ。

「どうしたんだ⁉」

担がれて戻ってきた郷を見て、匡が慌てて玄関まで駆け寄ってきた。

「……ルーカスが助けてくれたんだ」

そう説明すると、やっぱりルーカスを信じたい気持ちの方が強くなっていく。

だから匡にもルーカスを信じて欲しい。

「どういうことか、説明して頂けますか、ミスターモーアン」

玄関に立ちはだかる匡に、ルーカスは「分かりました」と答え、そして言った。

「まずは、郷の手当てをさせてください」

ルーカスの言葉に匡は「わかった」と答え、「奥へ」と促した。

「立てる？」

そう言ってルーカスが郷の脇を抱えて、リビングへと運んでくれた。

「とにかく冷やそう」

腫《は》れている足首に氷嚢《ひょうのう》を当てて、タオルで固定された。

「若い頃、この背丈だからバスケをちょっとやっててね。そのときに応急処置も習ったんだ」

とルーカスが言う。

痛みはあるけれど、動かなければどうにか耐えられる。

病院には行く。

「内出血もひどいし、もしかしたら骨折してるかもしれないから病院に行った方がいい」

けれど、それよりも先に、聞きたいことがある。

「ちゃんと話を聞かせてよ、ルーカス」

病院はその後だ、と告げると、ルーカスは真摯な視線を郷と匡に向けて「分かった」と、何か覚悟をするように頷いた。


リビングに重苦しい空気が流れていた。

横には兄、そしてはす向かいの一人用のソファにルーカスが座っていた。

「郷の怪我は、俺のせいです。本当にすみません」

ルーカスがそう言って、匡に向かって頭を下げた。

「郷を襲ったのは、あなたの仲間ですか？」

匡の質問に、ルーカスは言葉を選んでいるようだった。

「仲間、とは違う。けれど一族の人間なのは確かです。なので責任はすべて私にあります」

一族、とルーカスは言った。

それが一番聞きたいことだった。

「あなたたちは、俺たちと【同じ】ですよね」

匡がそう切り出した。するとルーカスは迷うことなく頷《うなず》く。

「そうです。俺もあなたたちと同じ、狼の血を引いています」

そしてルーカスは、郷の視線を受けながら自分のことを話し始めた。

「私たちの一族は、北欧で生息している狼の一族です。昔から引き継がれている広大な森と自然、そして城を守っている」

昔からその地域には人狼伝説があり、今もモーアンが守る森に不老不死の狼がいると信仰されているのだという。

「その信仰されている不老不死の狼が、私たちの先祖だと言われています」

郷は、ただルーカスの話を聞いていた。

まるで自分の知っているルーカスではないみたいだった。

「あなたは、その一族でもかなり力が強い方なのでは？」

今なら郷にも分かる。あの匂いも力が強いからこそ、出せるものだ。

「……私はモーアンの当主を務めています。一族の中でも一番力が強いものが当主になるのが、我が一族の掟《おきて》です」

郷達の一族は、直系がいる。それが狛江《こまえ》家で、その中で一番力の強いものが当主になる。

次期当主は、駿だ。

そして、とルーカスが続けた。

「我が一族では、三十歳になるまでに、番を見つけなければいけないんです」

番、という言葉に、郷は思い当たる節があった。

あのとき、初めて彼とセックスをした日、郷に言った。

――番になって、と。

それは本当に、自分たちと同じ意味の「番」だったのだ。

「郷に近づいたのは、そのため、か」

匡の言葉に、郷は背中がスッと冷えたような気がした。

それは、考えたくなかった。

ただ、自分の「血」が必要だったとは、思いたくなかった。

「誕生日がもうすぐって、言ってたもんな……」

重い口を開いた郷に、ルーカスがなにか言おうと口を開きかけたけれど、言葉をかぶせる。

「俺は、力が弱いから……騙しやすかっただろ？」

だったら初めから、すべてを聞かされていた方がまだ楽だった。

そうすれば、こんなに好きになることはなかったのに。

ルーカスは当主だ。財力も人を動かす力も持っていて当然だ。日本に狼の一族がいることを調べることもできたはずだ。

「俺じゃなくても、よかったんだな」

そう言って、郷は笑った。

ルーカスと一緒にいると、今までに持てなかった自信も、自分の存在意義も、この人に好きになってもらうために、今まで生きてきたんだと思えた。

人との接触が物理的にも苦手だった郷に、誰かといることがこんなにも楽しくてあたたかいものなのだと、教えてくれたのはルーカスだった。

けれど、そう思っていたのは郷だけで、ルーカスにとってはただ都合のいい相手にしか過ぎなかった。

悲しい、なんて思わない。涙なんて決して流さない。

ただ、虚《むな》しいだけだ。

人を好きになったことも、信じていたことも、すべて。

郷という人格には、なんの価値もない。そう言われたような気がした。

「郷、違うんだ」

「いいよ、もう。分かったから」

ルーカスの話は、今はもう聞けない。聞きたくない。

「病院、行かないと……兄さん、連れていってくれる？」

匡がもっとルーカスに嚙み付くかと思っていたが、兄は彼の話を聞くだけに留めていた。

ただ、郷の怪我についてちゃんと説明して欲しいと、最後にルーカスに問いただした。

「俺が【番】を一族外から得ようとしているのを、面白くないと思っている連中の仕業だと思います。だから、郷が狙われてしまった。それについては、謝罪のしようもありません。

巻き込んでしまい、すみませんでした」

この件に関しては早急に対応すると、ルーカスが頭を下げる。

そして「けど」と続けた。

「俺は、郷をあいしています。それは嘘ではありません」

真っ直《す》ぐに郷を見つめてくるけれど、今はそれを素直に受け取ることができない。

郷はルーカスの視線から逃れるように、目をそらした。

「……病院、行ってくるから」

これ以上話を聞く気はないと、郷の態度でわかったのだろう。ルーカスの「また連絡するから」と言った声がいつもとは違い、落ち込んでいるみたいだった。

そんなルーカスの声を聞いたのは、初めてかもしれない。郷はルーカスの顔を見ることが辛くて、部屋から出て行く背中を見送ることができなかった。

郷の怪我は、右足関節の剝離骨折。足首を固定をしないといけないと言われ、現在はギプス生活だ。

足首はひどく捻ると、くるぶしに付いている腱《けん》が引っ張られ骨を剝がしてしまう。それを剝離骨折というらしい。

自宅でできる仕事でよかった。

松葉杖《づえ》で通勤は、辛い。エレベーターホールまで行くのも、慣れなくて一苦労だ。

郷は駿が海外の仕事を終え日本に戻ってきたこともあり、自宅へ帰ってきていた。

仕事をしている方がなにも考えずに済む。と、思っていたのは、甘かったようだ。

まだモーアンの仕事を終えていないので、作業をしていてもどうしてもルーカスのことを思い出してしまうのが辛かった。

やりとりの窓口はいつもヨハンなので、それだけは助かっていた。

今はルーカスの声を聞くことも、顔を見ることもまだできそうになかった。

「郷、今日もキングが来たぞ～」

「いないって言って」

郷が怪我をしてから毎日見舞いに訪れるルーカスを、北見とリュウがその容姿からキングと勝手に呼ぶようになった。

「居留守ってバレバレだけど」

「それでもいいから」

二人には、怪我の原因になったのがルーカスだと伝えた。

「そろそろ会ってやればいいのに。いい人じゃん、キング」

そんなことは、知っている。

だから今は会いたくないのだ。

事務所の玄関で、北見が「すみません、今日もいなくて」と断っているのが聞こえてきた。

「突然お邪魔した俺が悪いんです。また……来ます。よかったらこれみんなで食べてください」

と今度はルーカスの声だ。

その声を聞くだけで、胸が痛い。好きだからこそ、こんなにも痛くて仕方がないのだ。

「取引相手のオーナーなのに」

リュウが横で、チクリと郷の良心を突き刺してくる。

「もうすぐ引き渡しだし、実際やりとりしてるのは、違う人だし……」

そんな話をしていると、郷の仕事用の携帯が鳴った。

画面には話をしていた、モーアンの表示が出ていた。

この携帯にかけてくるのはルーカスではなく、ヨハンだ。

「もしもし」

『こんにちは、今お時間大丈夫ですか？』

ヨハンは、いつも要点をわかりやすく伝えてくれるので、ありがたい。それに余計な話もない。

それが一番ありがたかった。

『サイト、見させてもらいました。すごくよかったです。うちのイメージをよく捉えていて……あなたにお願いしてよかった』

昨日、できあがったサイトを確認して欲しいと、公開前のアドレスとパスワードをメールで送っておいたのだ。

ヨハンの声と言葉に、郷はホッと胸をなで下ろす。

「ご希望に沿えたようでよかったです」

ルーカスの作るものを日本中の人に見て欲しかった。そのための手助けができただろうか。

『期待以上のものでした。ありがとうございました。明日このサイトを会議でもう一度確認させてもらいます』

そうヨハンが言った。ルーカスも喜んでくれていたらいい。

そんなことを思って、また胸が苦しくなった。

「あと、カタログもあと少しなので……」

『そちらも楽しみにしています……あの』

そこでヨハンが言葉を切った。

言葉を濁す歯切れの悪さに、彼が何の話をしたいのか分かってしまった。

『ルーカスがそちらに伺っていると思いますが、お会いになりましたか？』

郷はその問いに正直に答える。

「……いえ、忙しくて、会えてはいません」

むしろ郷の方が聞きたいことがあった。

「毎日、うちに顔を出しているみたいなんです……あの、彼の、仕事の方は大丈夫なんですか？」

郷が心配していたのは、ルーカスの仕事のことだった。毎日のように会いに来ているせいで、仕事に遅れなど出ていないだろうか。

それが気がかりだった。

『仕事はちゃんとやってます。その辺は、あいつは人一倍責任感が強いので……彼の背負っているものは大きすぎるんです』

ヨハンはルーカスの良き理解者のようだ。彼の背負っているものの大きさも知っているからこその、言葉だろう。

郷が言葉を探していると、ヨハンは先を続けた。

『ちゃんと仕事はしてるんですけどね……たぶん、あなたと同じです』

「俺、と……？」

『考えないようにするために、没頭している。違いますか？』

そう言われて郷は、言葉に詰まった。

そうとも言えるし、違うとも言える。それはやっていた仕事がモーアンのものだったからだ。

結局、ルーカスのことばかり考えていた。

『ルーカスのやつ、最近顔色が冴《さ》えなくて。どうやらあんまり眠れてもいないみたいで……頑丈だけが取り柄なんですけど、このままじゃ仕事に影響してくるかもしれないです』

だから、とヨハンが言う。

『一度でいいので、会って話を聞いてやってくれませんか？　これは友人としての頼みです』

ルーカスが食事にも気を遣い、仕事にはプライドを持っているのは、話をしていてよく分かっていた。

だから、郷のことでそんなふうになるルーカスが、想像できなかった。

それに、なにを信じていいのかよく分からなくなっていた。

ルーカスの素性を知り、ただ自分の血が必要だっただけだと思った。

こんなに好きになってしまってから聞かされた、郷の気持ちも分かって欲しい。

だから、会いたくない。

会ってルーカスのあの優しく笑う顔を見てしまったら、きっと許してしまう。

なにも返事をしない郷に、ヨハンがこれだけは聞いてください、と言った。

『あなたと知り合ってから、すごく楽しそうに笑ってるんです。俺はあいつのあんな顔――今まで見たことなかった』

ヨハンの顔は見えないけれど、その声は寂しそうに笑っているように感じた。

『だから、あいつのこと、信じてやってください』

また連絡いたします、と言ってヨハンが電話を切った。

郷は、その言葉を信じていいのか、分からなかった。

ただ、いつもルーカスは笑っていた。

郷といると楽しいと、心から笑っていた。

(俺は……どうしたい?)

ルーカスがどう思っているのかではなく、自分がどうしたいのか。

その答えはもう、分かっていた。

ヨハンと話した翌日、郷はついに事務所のドアを開けた。

入り口に立っていたのはルーカスで、まさか郷が出てくるとは思わなかったのだろう。驚いた顔をしていた。

「……ちょっと痩せたんじゃない?」

「郷……!」

久しぶりに会ったルーカスは、少し線が細くなった気がした。たぶんそれは間違いではないだろう。

「顔色悪いよ。俺のせいで体調崩して仕事に影響が出るとか、嫌だよ」

「そんなことは、しないよ……それより足の具合は……どう?」

心配そうに郷の足首に視線を向けるルーカスは、やはりどこか精気が感じられない。

郷が想像したのは、しょげている犬だ。いや、狼か。

(そんな顔をされたら……)

許すしかないじゃないか、と諦めのように笑った。

キングと話して来いよ。後ろで覗いていた二人にそう言われ、郷はルーカスを連れて自分の部屋へ向かった。

「座ってて」

部屋に戻るとそう言ったのは、ルーカスだった。

郷の足はまだ治っていない。松葉杖を使っているのを見て、ルーカスが申し訳なさそうな顔をしていたのも知っている。

だから郷はルーカスのその言葉に甘えて、ソファに座った。

ルーカスは勝手知ったるで、キッチンで飲み物を作ってくれていた。

「俺が客みたいだね」

と思わず笑ってしまうと、ルーカスが「郷はケガ人だから」と、気を遣ってくる。

淹《い》れたコーヒーをテーブルに置くと、ルーカスは郷のはす向かいに座った。

今までは隣に座ってきたのに、これが今の二人の距離なのだ。そう思うと郷の胸が痛くなる。

その胸の痛みに、自分がまだルーカスのことを好きでしかたがないことを思い知る。

たとえ、ルーカスが贖罪《しょくざい》のつもりでここに来ていたとしても。

(それでも、いい……)

郷がそんなことを思っていることも、ルーカスはきっと分かっていないだろう。

互いになにを話せばいいのかわからず、言葉を探しているような空気が流れていた。

「あの、」

と言葉を発したのは同時で、「ルーカスからどうぞ」「いや、郷の話を聞かせて」と互いに譲り合ってしまい、結局また沈黙が流れていく。

今までルーカスと一緒にいて、沈黙が苦しいなんて思ったことはなかった。

むしろ心地よくて、ルーカスの温もりを感じられるだけでよかった。

たとえ狼の血だけを必要としたのであっても、それでもその中から郷を見つけ出してくれた。

ルーカスが自分の一族以外から【番】を探していたと聞かされたとき、狼の血を引いていれば誰でも良かったんだと、落ち込んだし傷ついた。

けれど、誰でもいいのに郷を選んでくれた。そう思えばいい。

郷が、ルーカスを好きだからそれでいい。

そう開き直ろうと思えたのは、ルーカスが諦めず毎日郷に会いに来てくれたからだった。

「ねえ、ルーカス」

そう問いかけると、ルーカスは真っ直ぐにこちらを見た。

その目は少し陰りがあり、本当に郷の怪我のことを後悔しているように見えた。

「こっち、座ってよ」

そう言うとルーカスが、眉を下げてまるで泣きそうな顔で笑った。

郷のその言葉で、許しているのが分かったのだろう。

隣に座り、郷の肩を抱き寄せてくる。

「本当に、ごめん。郷を傷つけるようなことをしてしまった」

肩を抱き、その手が郷の側頭部を撫でる。そして触ることを許されたルーカスが、愛情を確かめるように、何度も郷の髪に、額に、そして頬にキスをする。

郷はそれを、ただ受け止めていた。この温もりがここにあるのなら、今はそれだけでいい。

ルーカスがどうして一族以外に、狼の血を求めていたのかは分からない。

今はただ、この手を、温もりを信じたい。

「今は、ルーカスがここにいてくれるなら、それでいいよ」

たとえ、今だけの関係だとしても、ルーカスを好きになれたという幸せな気持ちは、一生消えずに残るはずだ。

そんな刹那的なことを言った郷に、ルーカスは立ち上がり、そして跪《ひざまず》いた。

郷の手を握り、そしてその甲に口づけてくる。

「郷は、俺の運命の番だ」

ブロンズの髪に青い目のキングが、まるで誓いを立てるように、そう言った。

見上げてくるルーカスの目は、銀色に光っている。

その目に吸い寄せられるように、郷はゆっくりと顔を近づけていく
この目に魅入《みい》られない人なんて、いないだろう。そのくらいルーカスには力がある。だからこそ彼は当主なのだ。

もしかしたらルーカスには、本国にちゃんとした、運命の番がいるのかもしれない。

それでも今の番は、自分だとそう思いたい。

ルーカスも体を伸ばし、そして唇が触れた。

久しぶりの、キスだった。


郷としては気持ちが盛り上がっていたのだが、ルーカスが怪我を気にして、セックスは治るまでお預け、と言われてしまった。

「なんでよ、別に足動かさなければ、平気なのに」

触れあったらルーカスの甘い匂いがたまらなくて、郷のムラムラがとまらない。それなのにルーカスはいつもより理性的で、「治ったら」の一点張りだった。

「分かったよ……強情なんだから」

「郷を大切に思っているだけだ」

なだめるように額にキスをされて、郷は小さく笑った。

本当はルーカスが隣にいてくれるだけで十分だ。それ以上を求めたくなってしまうのは、自分の中にある不安がそうさせるのだと分かっている。

「兄さんにちゃんと分かってもらわないとな……」

その不安要素の一つは、匡がルーカスのことをよく思っていないということだ。

利用されてるだけだぞ、と怒られるのも目に見えている。

それでも郷がルーカスと離れたくないのだ。

「俺からもう一度ちゃんと話をするよ。何度でもちゃんと彼に話して分かってもらうように努力する」

ルーカスが力強くそう言ってくれた。

「嬉しいよ」

それがたとえ、一時の感情だったとしても、郷を選んでくれただけで、今はいい。

郷はルーカスに寄りかかり、目を閉じる。

「誕生日、一緒に過ごそうな」

約束してただろ、と言うと、ルーカスもまた郷に寄りかかってくる。

「ああ、忘れないでいてくれたことが、嬉しいよ。ありがとう郷」

寄り添って、体温を分かち合う。

郷にとってはただ一人の、番だ。

狼は、一度そう決めたらそれを一生貫き通す。

ルーカスも、そうであってほしいと願いながら。


ルーカスとの日々が戻ってきた。

それは以前より、穏やかで激しく盛り上がることもなく、幸せな日々だ。

けれどその終焉《しゅうえん》は近いと、郷は心のどこかで感じていた。

誕生日。

それが運命の日だ。きっとそこになにか理由がある。

野生の勘が、そう言っていた。

それまでは、この幸せに浸っていたい。

仕事も極力減らして、郷はルーカスと一緒の時間を増やしていた。

けれど誕生日の前日だけは、どうしても抜けられない仕事が入ってしまい、郷はギプスは取れたがまだ治りきらない足を引きずって、クライアントの元へ向かっていた。

以前作ったプロフィールのリニューアルをしたいという話だった。

そのクライアントというのは、匡の事務所のモデルの、ノラだ。

ルーカスと知り合うきっかけになった打ち合わせの日に、カフェで偶然会った外国人モデルだ。

正直、気は乗らなかったけれど、匡の事務所のモデルなので無下にはできなかった。

ルーカスも、今朝は外せない仕事があると出かけていった。

あれからルーカスは郷の家に泊まり込んでいた。怪我をしている郷の世話をさせて欲しいというのを口実に、一緒にいたいと言ってくれた。

匡には「俺がルーカスを信じたいんだ」と、だから今は様子を見て欲しいとお願いした。

たぶん匡の性格上、納得はしていないと思うけれど、それでも郷の気持ちを尊重してくれた。

ただ、いずれちゃんとルーカスの一族の話をしてもらうことが条件だった。

世界にどのくらい人狼の一族がいるのか、自分たちとどう違うのか研究材料になると、匡は言っていた。

ルーカスは、その条件を飲んだ。郷とその一族に隠し事はしないと、そう言ってくれた。

それが彼の誠意だと、匡が分かってくれればいいのだが。

そんなことを考えていると、タクシーが目的地に辿り着いた。

「すげーマンションだな」

指定されて到着した待ち合わせ場所は、セキュリティも万全の高級マンションだった。足をかばいながらロビーに入ると、そこはまるでホテルのようだった。

駿のマンションも十分すごかったけれど、こちらのマンションのほうが煌びやかだ。

「セレブって感じ」

思わず口を開けて、ロビーのシャンデリアを見上げてしまった。

「郷！」

呼ばれて振り向くと、エレベーターから降りてきたノラが手を振っていた。

ここまで香る、苦手な匂い。

郷はやっと分かった。たぶんノラのことが苦手すぎて、その気持ちが匂いを強くしてしまっているのだろう。

（マスクしてても、キツいな……）

それでも郷は、笑顔を作ってノラに挨拶をした。

「今日はよろしくお願いします。えっと俺が、こんなところまで来ちゃって良かったんですか？」

これだけセキュリティがしっかりしているのだ。多分ここは彼女がプライベートで使っているマンションだと思った。

「え～、いいわよ。私、郷のこと気に入ってるし」

そう言って腕を組まれる。

（うわっ……きっつ……）

ぞわっと、背中に寒気が走る。かといって振り払うわけにはいかない。

今日は特に、だ。

（仕事相手だ……我慢しろ……）

と自分に言い聞かせる。

「あなたに見せたいものがあるのよ。是非サイトをリニューアルする参考にして欲しくてね」

ノラは郷の足の怪我など気にもしていないようで、ぐいぐいと腕を引っ張っていく。

「ちょ、と、待ってください」

「あ、ごめんなさいね。怪我してたの？」

少しだけ、それに他意を感じたような気がした。その理由は、彼女の部屋に行くとすぐに分かった。

玄関を入ると、オートロックがかかる。

その鍵が閉まる音に、郷は嫌なものを感じた。

嫌な予感というのは、こういう場合ほとんど外れないのが常だ。

ドン、と突き飛ばされて、郷は思わず怪我している足をかばって、倒れ込んだ。

「ノラ……？」

振り返ると、今までの笑顔が嘘のように消えた顔がある。

そしてリビングから足音が聞こえ、そちらに目をやると、二人の男が立っていた。

背丈とかすかな匂い。それにこの気配を郷は知っていた。

「……あんたたち……この前俺を襲った人たちか……それで、そんなやつとあなたが一緒にいるってことは、共犯なんですねノラさん」

廊下に倒れ込んでいる郷の後ろで腕を組み、見下ろしてくるノラが口の端で笑う。

「私が主犯なの。悪いけどあなたには当分の間、ここにいてもらうわ」

そう言って男達に「連れていきなさい」と命令する。

彼女は上に立つことに慣れている。人に命令することが当たり前の世界にいる人の、オーラがあった。

郷は男達に両方から腕を掴まれる。

「離せよっ」

「暴れない方がいいわよ。あなたのその細腕、あっという間に折られてしまうから」

とノラが笑う。

「閉じ込めておいて」

ノラの言葉に男達が郷を引きずるようにして、連れていく。

（くそっ……）

足の怪我さえ無ければ、それなりに郷も立ち回れるのに、と内心で毒づいた。

今この状況では、確実に郷が不利なのは事実だ。

ドン、と突き飛ばされた部屋は、それなりの広さがあり、ベッドも用意されていた。部屋の中にはちゃんとトイレとバスルームも付いているので、どうやらゲストルームのようだ。

「あなたには、明後日《あさって》までここにいてもらうわよ」

郷は、自分が監禁される意味が分からなかった。だれかに恨みを買うことをした覚えもない。

それに、明日は大切な日なのだ。こんなところにいるわけにはいかない。

「俺は、仕事としてきたはずだ。どうして監禁なんてされないといけないんだよ」

郷がそう言うと、入り口に立つノラの形相が変わった。

目がつり上がり、その瞳は怒りに満ちていた。

「あなたになんか、その資格はないのよ！　ルーカスと一緒になる資格なんて！」

その言葉に、郷はすべて合点がいった。

彼女もまた、人狼なのだ。

ルーカスのことを知っているということは、彼の一族の人間ということになる。

そういえば、彼女の出身国はルーカスと同じだった。

まさか、こんなところで繋がっていたなんて。

「ルーカスの誕生日に、一緒に過ごすつもりだったんでしょうけど、そうはいかないわ。彼の【番】になるのは、この私だから！」

ノラは笑いながら、郷を押し込めた部屋のドアを閉めていく。

「あなたの代わりに私がルーカスの誕生日を祝って、そして彼と番になる儀式を、どんな手を使ってでもするつもりよ。諦めるのね」

最後の言葉と同時に、ドアが閉められた。

「出せよ！　ノラ！」

ドアを叩いて、ノブを力一杯に動かしてみる。

力を入れると足の痛みがあるけれど、そんなことかまっていられなかった。

ルーカスの誕生日に、なにをするのだろうか。

儀式とはいったいなんなのか。

なにか特別なことがあるから、一緒に過ごそうと言ってくれていたのだとしたら、ルーカスは本当に郷のことを番にするつもりでいたのだ。

郷のことを、好きでいてくれたのだと、今ならそう信じられる。

扉を思い切り叩いても、びくともしなかった。そして部屋のどこかにあるスピーカーから
ノラの声が聞こえた。

「その部屋は防音で、なおかつ特殊な壁でできているから電波も届かないわよ」

諦めなさい、と言われ、郷は慌てて携帯を確認すると圏外だった。これではルーカスにも匡にも連絡が取れない。

「ルーカス……」

ごめん、と呟いた。

あれだけお願いされていた誕生日の約束を、果たせそうにない。

けれど、ルーカスが郷のことを信じてくれているとすれば、帰ってこないことを不審に思うはずだ。

今はそれを、期待するしかなかった。連絡が取れないことを不審に思ってくれれば、なにか行動を起こしてくれるはずだ。

諦めない。ルーカスに頼るだけではなく、自分でどうにかできないか。兄のように、理性的に考えれば打開策は見つかるかもしれない。

そう考えて、郷は大きく深呼吸をした。


一度目の試みは、失敗に終わった。

食事を持ってきた隙に逃げようと考えたが、怪我をしていることでやはり上手く立ち回れなかった。

動きの速さも、それと鍛え方が違う。彼らの動きは、たぶん特殊な訓練を受けている。そんな印象だった。

（それだけ、危険なこともあるってことなのか……）

ルーカスの一族は、どうやってここまで生きながらえてきたのだろうか。

いつかルーカスの生まれた故郷を見てみたい。

ルーカスとなら、きっとどこにでも行ける。

（絶対に、ここから逃げてやる）

そう強い決意で望んだ二回目は、一人目をかわすことはできたけれど、二人目に取り押さえられてしまった。

「また怪我したくなかったら大人しくしろ！」

と突き飛ばされて、思い切り怪我をしている足を着いてしまった。

「ってぇ……くそ、今ので治りが遅くなったっつーの」

怪我をした足首がジンジンしている。

ここに閉じ込められて、十二時間近くが経っている。

外の様子もよく分からないが、時計を見ると深夜を超えている。

（ルーカスの誕生日になっちゃったな……）

一番に、おめでとうと言いたかったのに、と郷は小さく溜息を吐いた。

このままでは一緒に過ごす約束も、果たせそうにない。

「心配してるよな……」

郷はベッドに横になった。

すこしでも体力を温存してこうと、そっと目を閉じた。


郷が閉じ込められて、二十四時間が過ぎていた。

ルーカスもきっと探してくれているだろう。

それに北見もリュウも、郷と連絡が取れないことを不審に思っているはずだ。

北見とリュウは、匡の連絡先を知っている。もし兄に連絡が行けば、探し出してもらえる可能性も高くなる。

ノラは、兄、匡の事務所のモデルなのだ。尻尾《しっぽ》を摑んでくれるかもしれない。

けれど、郷の期待とは裏腹に、時間だけが過ぎていった。

「開けてくれよ！」

郷は時間が経つにつれ不安が増し、必死になって何度もドアを叩いた。

無駄だと分かっていても、いても立ってもいられなかった。

時計はもう零時にさしかかっていて、このままではもうすぐルーカスの誕生日が終わってしまう。

「わめいていればいいわ！」

閉じ込められてから初めてのノラの声を聞いた。

スピーカーから聞こえてくるノラの声には、怒りが含まれているような気がした。

それがどうしてなのかは分からない。

その時だった。誰かの声が聞こえ、郷は耳を澄ませた。

ノラでもない、郷の監視役の二人とも違う人の声。

来客なら、大声を出せば助けてもらえるかもしれないと、郷はドアを叩き大声を出した。

「だれか！　いるなら助けて！」

ドアを思い切り叩いて、ここに閉じ込められていることを知らせた。いくら防音だと言っても、まったく聞こえなくなるわけではないはずだ。そう思い、何度もドアを叩いた。

「郷！」

ドアの向こうから聞こえてきたのは、ずっと郷が助けを求めていた人の声。

「ルーカスっ！」

「今開けさせるから」

そして次に、聞いたことがないくらい低いルーカスの声がした。

「Åpne（開けろ）」

母国語であろう、郷にはなんと言っているのかは分からなかった。

けれどその声は圧倒的で、すべてを従わせるものだった。

ノラが、勝手なことしないで、と叫んでいるので、男達がルーカスに従ったのだろう。そのくらい、彼の言葉には力があるということだ。

がちゃ、と鍵の開く音がして、それと同時にルーカスが飛び込んできた。

「郷！」

その姿を見るとホッと力が抜け、ルーカスのその広い胸に体を委ねると、大きな手が背中を撫でた。

「ごめん、誕生日一緒に過ごせなかった……」

約束したのに、と呟くと、ルーカスが、いいんだ、とまた背中を撫でた。

今はもう零時を過ぎ、ルーカスの誕生日が終わってしまっていた。

「いい気味だわ」

そう言ったのは、ノラだった。

「こんな、一族でもない男を番にしようとするからいけないのよっ」

ルーカスが大切なものを置くように、郷をベッドに座らせると、立ち塞がるようにノラに振り返る。

そしてみるみるうちにルーカスの体から、体毛が湧き上がってきた。

服が破け、幻想的な光が立ち上がる。

一瞬、その光に目がくらみ、次に目を開くと、そこには狼の姿があった。

(これが、ルーカス……)

大きな体は銀色の毛が光り輝いていた。

四つん這《ば》いになっていても、郷の腰より上に胴体がある。日本では見たことがないほど、大きな狼だった。

大きな尻尾が体に何度も当たった。郷がそこにいることを確認するかのようだった。

郷はそっと、その体に触れた。

するとルーカスの耳が少しだけ動く。そこにいろ、と言われたような気がした。

ノラが、部屋の入り口に立ち塞がっていた。従えていた男達は、すでに廊下に倒れて伸びている。

「もうこれであなたたちは番になれないわ」

そう言ったノラが時計を見て高らかに笑った。

「一族を裏切って他の種族から番を得ようとした罰だわ!」

ノラはわめき散らしているけれど、近づこうとはしない。

たぶん、ルーカスの姿に臆しているのだ。大きな体から放たれる殺気は、一歩でも動けば

かみ殺されかねない勢いだった。

郷に近づかせないように、ルーカスはわざと変化したのだろう。

「ルーカス、あなたは私たち一族を裏切った。その報いを受けるといいわ。次の番が現れるまで、ずっと一人で生きていくといい」

ノラの話には疑問がたくさんあった。けれどそれよりも、ルーカスを苦しめるようなことばかり言うノラに、怒りが湧いてくる。

「あんたはルーカスのことが好きなんじゃないのかよ！　それなのになんでそんなひどいこと言えるんだよ」

郷が思わず言い返すと、ノラは馬鹿にするように笑った。

「好きで番になりたいんじゃないわよ。私はただ当主の番という地位が欲しかっただけ。そんな一族の血を一番に考えていない男なんて、興味ないわ」

血を絶やさないというところは、郷達一族も同じだ。そのために狛江家当主になる駿はきっと苦しんだはずだ。

郷には分からない、当主にかかる重荷。

ルーカスもその重荷を背負っている。

だからこそ、その重荷を軽くしてあげられるのなら、と思った。一緒にいてルーカスが安らいで笑っている。その姿を見るのが、好きだった。

それなのに、ただ地位が欲しかっただけだというノラが、郷にはどうしても許せなかった。

「ルーカスは、俺のものだ。あんたになんか、やらない」

狼の姿のルーカスの横に立ち、そう宣言する。

その言葉に、狼のルーカスが尻尾を郷に一振りすると、あっという間にルーカスの体が人間に戻っていった。

シーツを手に取り、腰に巻き付ける。そして郷の手を握りしめてきた。

「俺の番は、郷だけだ」

「あんたは、ずっと一人よ」

ノラの言葉に、郷はルーカスをかばうように一歩前に踏み出した。

「俺は、ルーカスを一人になんてしない。番じゃなくたって、俺はルーカスのことを幸せにしてみせる」

ギュッとルーカスの手を握り返すと、ノラはフン、と鼻を鳴らした。

「もうそんな人いらないわよ。番にもなれない人なんて興味も失《う》せたわ」

それに、とノラが言った。

「一族から、死なずの主を出してしまうなんてね！　しかも子孫も残せないなんて、そんなのもう当主としても失格じゃない」

罵《ののし》るノラに、ルーカスは静かに答えた。

青白い怒りのオーラがルーカスをまとっているようにも見え、その静けさがむしろ怖いくらいだった。

「それでも、俺はモーアンの当主だ。それはこの先ずっと死ぬまで変わらない。それなのに私に刃向かうということは、お前達の一族がモーアンに刃向かったと捉える。刃向かうものは容赦しない。お前達はもう私の守るべき仲間ではない」

ルーカスの圧倒的なオーラ。一族を統べるものの強さをルーカスは持っている。

それは駿にも同じものを感じたことがあった。

格の違いを見せつけられても、ルーカスには劣等感を抱くことはなかった。

「二度と、俺に近づくな。もちろん郷にも、だ」

帰ろう、とルーカスが郷の手を引いた。

ルーカスの言葉を聞いたノラは、モーアンの庇護《ひご》を剝奪されることに対しても、予想はしていたのだろう。

「そんな、当主に守られようとは思わないわ」

と、強がっていたけれど、表情とは裏腹に顔色はなく、それなりにショックは受けたようだ。

もうノラは郷に手を出そうとはしなかった。立ちすくむノラの横を通り過ぎると、玄関の前でヨハンが待っていた。

「これ着てください。そのまま出たら捕まりますよ」

そう言って服を渡されて、ルーカスは苦笑いする。

そんなヨハンの言葉に思わず郷も笑ってしまい、ずっと張り詰めていた緊張が解けて体の力が抜けていく。

「……あれ？」

ガクガクと体が揺れ、膝が折れそうになる。ルーカスがそれを支えてくれて抱きしめてきた。

「よかった、郷……」

そう言ってやっと安堵の息を漏らしたルーカスに、郷はポンポンと背中を叩く。

そして大好きなルーカスの匂いを肺一杯に吸い込むと、やっと郷もホッと息を吐いた。

「俺たちの家に、帰ろう」

そう告げるとルーカスは泣きそうに眉を寄せる。

「俺たちの家って、嬉しい言葉だね」

ルーカスはそう言うと、郷の体をもう一度強く抱きしめた。

それが少しだけ震えているのを感じて、ルーカスを離したくないと背中に回した腕を強くした。

部屋に戻ると、ヨハンは「なにかあったら連絡してください」と言って帰って行った。

「ちゃんと、話をしないと、いけないね」

いつもは明るく振る舞ってくれるルーカスが、さすがに落ち込んでいるように見えた。

それはそうだ。

郷は誘拐監禁をされたのだ。

その理由がルーカスにあったのだから、落ち込んでもしかたがない。もし自分のせいでルーカスに何か危害が加わったらと思うと、同じ気持ちになるだろう。

けれどここまで大事になったのだ。郷もルーカスの一族について知る権利はあると思う。

「郷、君にはちゃんと全部話すよ」

郷がなにを言いたかったのか分かったのだろう。ルーカスはそう言うと郷をソファに座らせ自分も向かいに腰掛けた。

この前も、こんな気まずい雰囲気で話をしたばかりなのに、と郷は思う。

そして、彼はどこか諦めたような、それと同時に寂しさを含んだ表情で話し始めた。

「俺の一族は、北欧の深い森を守る一族だった。森の神を讃《たた》え、守ってきたんだ」

その森の入り口に、モーアン公爵の城があるのだという。

元々は王族の分家だったらしいモーアンがいつから人狼一族になったのか。それははっきりとはしないらしい。

ただ、その森を守るようになった理由が、人狼という秘密を守るためだと、ルーカスは聞かされてきた。

「始祖である人狼は、不老不死で今もその森の奥深くで、一人で生きていると言われてるんだ。その始祖を守るために、俺たちはあの森を守ってきた……」

ルーカスは世間的に、公爵という立場だ。だから子供を残す義務があると、苦しそうに言った。

「俺は、自分が同性しか愛せないと分かっていたから、それがすごく苦しかった。義務的なもので女性にそんな無理を強いることも嫌だった」

ルーカスはそこで一度言葉を切って、大きく溜息を吐いた。

一族のことも重荷になっていたことと、それに対して自分ができることがない罪悪感で一杯だったのだろう。本当に優しい人だと思う。もっと割り切れれば、こんなに苦しまなくても済んだのに。

そんなルーカスの気持ちも分からず、ノラはただ自分のステイタスのために番になりたかったと言っていたのだ。

郷はそのノラが言っていた言葉を思い出していた。

『次の番が現れるまで、ずっと一人で生きていくといい』

そう言っていた。

その言葉は、郷とは番になれないということを意味していた。

「ねえ、ルーカス。俺はルーカスとは番になれないの？　次の番が現れるまでって……どういうこと？」

ルーカスの番になる。

求婚されるように、何度も懇願された言葉に、郷はちゃんと返事をしたことはなかったが、もうずっとそのつもりだった。

そう、未来に希望を持ってしまっていた。

ルーカスの番として生きていく。それは、きっと楽しい人生になるはずだ。

郷の問いに、ルーカスはキツく瞳を閉じてからもう一度目を開く。そして覚悟をするように話し始めた。

「俺たちの人狼一族は、三十歳までの誕生日に番を決めなければ、次の番が現れるまで、時が止まるんだ」

ルーカスがそう言って諦めたように笑う。

「けど、俺と番になるって……だから誕生日を一緒に過ごすって……」

「ただ、一緒にいればいいわけじゃないんだ……その番になる条件は、その日にセックスをすることなんだ。子孫を残す行為をすることで、番と証明される」

だから、ルーカスは郷と誕生日を過ごしたいと言っていたのだ。

「……俺が、捕まった……せいで……」

番の証明ができなくなってしまった。

「時が、止まるって……どういうこと……?」

「モーアンの森の奥にいる始祖の狼は、愛する人と番になることができず、森の奥で何百年も生き続けていると言われているんだ」

生き神として信仰しているのが、モーアン一族なのだという。

その話に郷は、背中に冷たいものが走った。

ルーカスも、始祖の狼と同じ運命を辿《たど》るということだろうか。

「俺……そ、んな……」

郷が青ざめていると、ルーカスが手を伸ばしてきた。ギュッと大きな温かい手が、郷の手を握ってくれる。

「ただ、これは言い伝えであって、本当かどうかは分からない」

「もし本当だったら⁉」

どうなるんだ、と郷が問うと、ルーカスがまた諦めに似た笑みを浮かべて言った。

「いつ現れるか分からない次の番を、何百年と待ち続けることになる、かな……」

番が現れなかった一族の顛末《てんまつ》は、自殺だ。モーアン一族に多い死因が自殺だという。

「ルーカス、もう……間に合わないのか？　俺は、……ルーカスとっ……」

　番になりたかった。

　それにたとえ番になれなかったとしても、一緒にいると心に決めていた。

「黒き瞳のもの、とモーアンの言い伝えにあってね。俺は、きっと同族同士の婚姻ばかりでは先がないと思った先人達が、そう言い残したんだと思ったんだ。自分の番は、世界中のどこかにいる、違う国の狼と、と夢見ていた。だから大学時代に好きだった日本に留学して、俺だけの番を探し始めたんだ」

　ギュッと郷の手を強く握り、ルーカスが笑う。

「一族の呪縛のような締め付けから、逃れたかったのは事実だった。ただ本当に黒い瞳の愛すべきものに出会えたら、どんなにロマンチックだろうって思って、また日本に戻ってきた」

　もともとルーカスは日本に興味を持っていたらしい。島国がゆえに残っている伝統が、自分たちの守っているものに似ていると思ったのだという。

「郷が道ばたで具合が悪くなって倒れてたとき、俺はすぐに分かったんだ。君が——人狼だって。甘い匂いに誘われて近づいた。俺を見上げていた漆黒の瞳が……綺麗で目が離せなくなった」

　郷の手を両手で握り、額に押しつけた。

「番は、郷しかいない。そう思ったのは本当だよ」

けど、とルーカスがそっと手を離した。

イヤな予感しかしない。

その先の言葉は聞きたくない。

「君の、お兄さんの心配は、当たっていた。俺といると、郷を巻き込んでしまう」

「そんなのっ！」

どんな相手とでも、なにかしらトラブルはあるものだ。

どういえばルーカスを引き留められるか分からず、言葉に詰まってしまう。

「ルーカス！」

立ち上がったルーカスの手を取ろうとしたけれど、かわされてしまった。

それは拒絶されたも同然で、郷は胸の奥が鷲摑《わしづか》みにされたみたいに苦しくなった。

そしてルーカスが、郷をまっすぐに見つめて、笑った。

「あいしてたよ、郷」

そう言ったルーカスが踵《きびす》を返した。まるで、これで一生会えなくなるみたいな気がした。

「待って！　ルーカス！」

立ち上がろうとして、怪我している足に痛みが走った。これでは追いかけたいのに、追いかけられない。

「行かないでよ！　俺はっ……！　番じゃなくてもあんたがいいんだよ！」

その郷の叫びを聞いても、ルーカスは戻ってきてくれなかった。パタン、とドアの閉まる音がして、郷はもう一度彼の名前を呼んだ。

「ルーカス！」

こんな結末を望んでいたわけじゃない。

「いやだよ、こんなの……」

どんな運命だって、ルーカスとなら乗り越えられると、郷はそう信じていたのに。

「こんなに好きにさせといて……」

いまさらさよならなんて、許さない。

「絶対に……捕まえてやるからな」

自分の気持ちが伝わらなかったことに涙を浮かべながら、それでも郷の気持ちはもう決まっていた。


とは言っても、監禁されている時に暴れたせいで、足の怪我が長引いてしまった。

何度もルーカスに連絡を入れたけれど、返事は今のところ一度もない。

それは想定内だった。そして予想通りのことがもう一つ。

兄の、匡だ。

郷が監禁した相手がルーカスの一族だと知って、さらに不信感が増してしまったのだ。

『もう、モーアン氏と会うのはよせ。またいいように利用されるだけだぞ』

そう言う匡の心配も分かる。実際、利用されたかは分からないけれど、この郷に流れる狼の血が必要だったことは確かだ。

けれど、それももう必要なくなってしまった。番にはなれなかったのだから。

残っているのは、郷の気持ち。郷がルーカスを選んだ。ただそれだけだ。

だから、諦めない。

たとえルーカスが本当に不老不死になって、郷が先に死んだとしても何度でもルーカスに出会って、自分が番になってみせる。

もう覚悟を決めていた。だから。

(ルーカスに、会いたい)

郷は足の怪我を理由にして自宅に引きこもっていたけれど、それはただの逃げでしかなかった。

電話にも出ない、メッセージを送って返事もしてくれないルーカスに、会いに行って拒絶されたら今度こそ立ち直れない。

そう思ったら、足がすくむ。

けれど、どうしてもルーカスを諦めたくなかった。

（だめだ！　自分が努力しないで手に入るものなんて、一つも無いだろ）

自分で動いて、それでもルーカスが受け入れてくれなかったとしたら、そのときまた考えればいい。

何度拒絶されたとしても、諦めるつもりはない。

（こんなにどうしても欲しいって思ったのは、ルーカスが初めてなんだよ）

他のものなら諦めがつく。

けれど、ルーカスだけは、ダメだ。もう郷の中でかけがえのない存在になっているのだから。

ルーカスは、郷の運命の番だ。

勝手なことをして一族から放り出されるかもしれない。

それでもいい。ルーカスと一緒にいたい。

そう思ったときだった。

ズン、と体の奥から熱が湧き上がってきた。

「なっ……んで……？」

じわじわと疼く熱は、覚えがあった。

これは、あのときと同じだ。

どんなに自分で慰めたとしても、物足りない。ルーカスのもので満たされるまで、飢え続けたあのときの、発情。

郷は疼く体で、窓の外を見た。

そこには煌々《こうこう》と輝く満月があった。

（ダメだ……ルーカスに、会いたいっ……）

郷は熱を持つ体を引きずりながら、玄関に向かう。

それと同時に玄関が開いた。

（ルーカスっ？）

もしかして、自分の危機を察知して来てくれたのではないかと、期待してしまった。

けれどそこに立っていたのは、兄の匡だった。

「どうしたんだ？」

どこに行く？　と聞いてくる匡に、郷はごめん、と謝った。

「俺、騙されてたとしても、利用されたとしても、ルーカスが好きなんだ」

心配そうに眉を寄せる匡の腕を摑んで、許してほしいと懇願した。

どうしても、ルーカスじゃないとダメなのだ。

だから匡に止められたとしても、今回ばかりは自分の気持ちを貫き通す。

それで匡の怒りを買って関係が悪くなったとしてもだ。

本当にそうなってしまったら悲しいけれど、それでも、郷はどうしてもルーカスがいい。

体の熱もひどく、郷の目が潤む。泣きたいわけじゃないのに、涙がこぼれてしまいそうだった。

「兄さん、俺は、兄さんのこと尊敬してるし、言うことは正しいって分かってる。けど……」

「それでもお前がそうしたいって言うのなら、俺は止めない。俺は……お前が可愛い。だから傷ついて欲しくないとずっとそう思って、色々と手を出しすぎてきたのも、分かってる」

郷の腕を強く握り、匡がそう言った。

「だから、お前のやりたいようにしなさい」

けど、手は貸さないぞ？　と笑う。その表情から、兄がもう許してくれているのが分かった。

「……いいの？　俺、ルーカスが、本当に好きなんだ」

匡にそう告白しながら、郷はなぜか涙が溢れていた。

口にすると思いは強くなる。もっともっと、たくさんルーカスに直接伝えたい。

――あいしてるよ、と。

うー、と声を抑えて涙を流していると、兄が頭をポンポンと叩いてくる。

そして、郷の背中を押した。

「郷が後悔しない方を選びなさい。それでたとえ傷ついたとしても、それはちゃんとお前の大切なものになるんだから」

その言葉を聞いて、郷は匡に抱きついた。

「兄さん、大好きだ」

ありがとう、と言うと郷は部屋を飛び出した。


ルーカスに会いたい。

ただそれだけで飛び出したけれど、体のうずきがさらにひどくなってきてしまった。

大通りに出て、タクシーを拾おうと待っていると、通りがかった男性が郷をじっと見つめていた。

じわりと体の奥が濡れるような感覚に、郷は早くタクシーを捕まえないとと焦りを感じていた。

「ねえ、君大丈夫？　辛いならどこかで休まない？」

さっき通りがかった男性が、郷に声をかけてきた。

背中を触られただけで吐息が漏れそうになり、郷は口を塞いだ。

外でそんな声を出したくない。

ルーカスにしか、聞かせたくないのに、発情してしまっているせいで、その快感を止められない。

「離、せよ……」

「けど、頬も赤いし、体もこんなに熱くなってるよ……ね、俺とどこか入ろうよ」

そう言った男の目が、ギラギラと欲望を丸出しにしてこちらを見ていた。

（やばい……）

もしかしたら、敏感な人であれば、発情のフェロモンを感じ取ってしまうのかもしれない。

このままでは、抵抗できない。

背中を擦られて、郷はその刺激に思わず声を漏らしてしまった。

「っあ、……ん……」

とたん、男性の息が荒くなった。

「やべぇ……我慢できねぇ……ここであんたに突っ込みたい」

そう言われ、郷が危険を感じて逃げようとしたときだった。

ぐいっと腕を取られよろけると、大きくあたたかい胸の中に閉じ込められた。

この匂いを、郷は知っている。

「ルーカスっ……」

一番、欲しかったものだ。

「この人になにか用ですか?」

背の高いルーカスに見下ろされた男は、「くそっ」と吐き捨てながら慌てるように逃げていった。

男が立ち去ると、ルーカスが大きな声を出した。

「郷！　なにフラフラしてるの！」

力の入らない郷の体を、抱きかかえるように支えてくれる。

そして、怒っていた。

今の男性は、明らかに郷のフェロモンに吸い寄せられてきた。

そんな状態で街を歩くのは危険だと郷にも分かっていたけれど、それでも我慢ができなかった。

「ルーカスに……会いたくて」

怒っているルーカスを、見上げた。

その途端、今までにないくらい乱暴に激しく、唇を奪われた。

ここが外だとか人が見ているとか、そんなのはもう関係なかった。

「んっ……ふ、……」

初めから強く、口の中を犯された。ルーカスのその舌の熱さに、郷の体は激しく疼いてしまう。

ルーカスの、郷を狂わせるあの甘い匂いが、鼻腔内に広がった。

「あ、……だめ、ルーカス……俺……」

発情してるみたい、と涙目で訴えると、ルーカスもまた郷と同じように、飢え切った欲望に満ちた目をこちらに向けていた。

「ルーカス、も?」

そう言うと、郷の体をギュッと抱きしめてくる。強すぎて苦しいくらいの抱擁に、ルーカスが欲望に耐えているのだと、分かった。

「満月でこんなに苦しいのは、初めてだったんだ。離れてるのが、耐えられなかった」

だから連れて逃げるためにやってきた、とルーカスは言った。

「離れたのは、俺だったのに……情けないな」

と眉を下げて笑った。

その言葉に郷は首を横に振った。

「俺も、ルーカスのためだって勝手に決めつけて、離れようとしたことがあったからお互い様だよ」

あのとき、ルーカスが諦めないでいてくれたから、今がある。

「連れ去っても、いいか?」

その言葉に、郷はルーカスに抱きついて「早く、連れていって」と懇願した。

「郷、苦しいよ」

クスクスと笑うルーカスの声が優しい。

離れたくなくて、ルーカスにしがみついたまま彼の部屋に辿り着いた。

発情の熱は収まらないけれど、ルーカスの穏やかな声に郷の気持ちも少しだけ冷静さを取り戻し始めていた。

とは言っても、少しでもきっかけがあれば爆発してしまいそうな、熱を宿している。

ルーカスが郷をベッドに座らせると、水を口移しで飲ませてくれた。

「ねえ、郷。どうして俺たちは、番になれていないのに、互いに発情し合っているんだろう」

そう言って郷の横にルーカスも腰掛ける。

そして訥々《とつとつ》と、今までの気持ちを話し始めた。

「俺は、この先どうなる運命か分からない。本当に次の番が現れるまで死ねないのか、それとも、迷信なのか……誰も立証できていない」

ルーカスは、何かを堪えるように、両手を握る。

「俺が君を選ばなかったら、こんなことに巻き込むことはなかった」

それはルーカスが郷を選んでくれたということだ。

郷にとって、それがどれだけ嬉しかったか、彼は気付いていない。

「だから、もう……郷とは会わない方がいいって、自分にそう言い聞かせてみたんだけど」

思わぬ発情に、いても立ってもいられなくなったのだという。

「発情して、どうして俺のところに来たの？　番には、なれなかったんだよ？」

そう問うと、ルーカスが首を振った。

「郷以外、考えられなかった」

その言葉に、郷は泣きたいくらい嬉しかった。

「俺の、連絡、無視したくせにっ……」

「郷だって、俺が会いに行っても会ってくれなかったくせに」

と切り返されて、二人で顔を見合わせて思わず笑ってしまった。

（やっぱり、ルーカスのことが好きだ）

番になれなかったからといって、諦められるわけがない。

こんなにも好きになれた人は、ルーカスしかいないのだから。

そう思った途端、体の奥が、ズンとまた熱くなっていく。

「ダメだ……ルーカス。もっとしたい、足りない」

発情は、ただ精を吐き出しただけでは収まらない。

隣に座っているルーカスにしがみついて、郷にとっては媚薬のような彼の匂いを肺一杯に吸い込む。

それだけで、郷の体は火が付いたように熱くなった。

やっぱりこれは、発情だと思う。

けれどその理由が分からないのに、ルーカスまで郷に引きずられているのか息が荒くなっていく。

「どうしよう、番じゃない、相手にも発情しても、いいの？」

人狼は、番にのみ発情すると聞かされてきた。

それなのに、はじめから郷はルーカスに発情していた。

「ああっ……！」

今まで以上に、体の奥が熱くてたまらない。

「郷の匂い、ヤバい……」

ギュッと抱きしめてきたのに、すぐにそれをルーカスが突き放してしまう。

まるで拒絶されたみたいで、思わず泣きたくなった。

「なんでっ……？　俺は、番じゃなくても、ルーカスが、いいのにっ……」

もっとちゃんと抱きしめて欲しい。

もしかしたらルーカスは、ちゃんとした番としか、したくないのだろうか。

涙目で訴える郷に、ルーカスも何かに耐えるように苦しそうに答えた。

「郷を抱きたい。だからその前に、ちゃんと原因を、突き止めたいんだ。郷は、俺の運命だと思ってるから」

そう言われて今度は違う意味で泣きたくなった。

郷だって同じだった。ルーカスと番になりたい。

彼は自分の運命の相手だと、そう信じている。

発情のせいか、感情の起伏が止められない。

いつもならこんなに簡単に涙なんて流さないのに、ぽろぽろと雫《しずく》が零れ落ちていく。

「……分かった、我慢、する……」

そう言って郷は、携帯を手にした。

「俺の、周りで一番色々と知識を持っているのは、兄さんなんだけど……」

さすがに恥ずかしさもあり、聞けないと思った。

郷は考えた末「あいつなら知ってるはずだ」と、ある男へ電話をかけた。頼るのは本意ではないけれど、今はもうそんなことで意地を張っている余裕はなかった。

数回のコールですぐに相手は電話に出た。

『お前が電話してくるなんて珍しいな、郷』

そう言ったのは、当主になる男、狛江駿だった。

「駿……助けて欲しい、……俺、番じゃない人に、発情しちゃってるんだ」

その支離滅裂な説明でも、駿は匡からも話を聞いていたのだろう。すぐに話を把握していた。

『へー、あれだけ反対された相手んところ行ったのか。郷は兄貴には逆らわないやつかと思ってたよ』

意外だ、と笑いながら駿が言う。いつもならそんなことを言われると腹が立ってしまうけれど、今はそれどころではない。

それに駿の言うことは、間違いではなかった。兄の理詰めにはいつも頭が上がらなかったのは、事実だ。

けれど、それでも自分の心を偽ることはできなかった。

たとえそれが間違えていたとしても、それでいいと思ったのだ。

『兄貴の反対を押し切るくらい、そいつのことが好きなんだな』

駿の言葉に、郷は「うるさいよ」と恥ずかしさを隠して言い返す。

「駿、体が……熱くて、たまらないんだ……これは、なんなんだ？　番じゃないのにおかしいよ」

と涙声で駿に聞くと、駿は少し考え込んだ後、答えた。

『相手も発情してるのか？』

そう問われ、郷は「してる」と答えた。

ルーカスも駿の話を聞きたいとジェスチャーで伝えてくるので、携帯をスピーカーに切り替えた。

『ってことは、番になってるんじゃねぇか？』

駿はあっけらかんとした声で言う。

『俺はどうしても日向が良かったから、あいつに自分の血を飲ませた。まあ偶然の産物だったけど』

そう言って駿が電話の向こうで笑っていた。

『お前も同等のことをされた、もしくはしたんじゃないか？　相手は外国種の当主なんだろ？　それって力も俺と同等の強さがあると思うから』

そう駿に言われ郷は、「あ！」と思わず声を上げた。

「出会ってすぐの頃に……キッチンで軽く怪我した彼の血を舐めたことがあった……」

郷は、そのときなにも気にしていなかった。ただ、血の匂《にお》いが美味しそうで、それに引き寄せられたのだ。

それで番になるなんて、思ってもみなかった。

そのときはルーカスの素性も知らなかったし、なにより自分の血を飲ませなければ番にはならないと思い込んでいたのだ。

「郷は、俺の血を飲んだから、君たちの一族の方法で番になってるってことか？」

ルーカスが不思議そうにそう呟いた。

『そういうことになりますね、ルーカスさん』

「私の一族は、番になる条件が異なります。三十歳までに番になる相手と、誕生日当日に体を交えることが条件なんです」

それは今回叶《かな》わなかった。

ルーカスの言葉に、電話の向こうでまた考え込んだ駿が『これは憶測だけど』と話し始めた。

『異種間での番の条件は、どっちかの条件が満たされれば成立するんじゃないのか？』

その言葉に、郷とルーカスは顔を見合わせた。

そう考えれば、色々と辻褄《つじつま》は合う。

満月の日に発情するのは、これで二回目だ。

もうあの時から、番になっていたのだ。

『それにさ』

と駿が続けた。

『俺は、お前が幸せなら、何だっていいと思うぜ？　相手が一般人だろうが、違う種族の人狼だろうが、な』

当主になる俺が許すんだからいいだろ？　と言った駿が、『じゃあな、俺も待たせてるから頑張ってくるわ』と、笑いながら一方的に電話を切ってしまった。

郷は駿の言葉に感謝していた。寛大といえばいいのか、大雑把というのか。器が大きいということにしておこうと、内心で笑う。

けれど、その大雑把な当主のおかげで謎が解けたのは確かだ。

「お礼、言えなかった……」

郷がそう呟くと、ルーカスが郷の体をゆっくりと抱きしめてくる。

「今度、直接言いに行こう」

と言う言葉に、郷も頷いた。

「郷は、もうとっくに俺のものになってた？」

確かめるように、郷の体の輪郭を撫でていく。

その優しい手もこの広い胸も、全てもう郷のものでもあるのだ。

そう思ったら、嬉しくてまた涙が溢れてしまった。

「俺は、ルーカスのものだよ。もし番になれてなかったとしても、俺はやっぱり、ルーカスしかいなかったよ」

だから、いっぱいしてくれ、と両手を差し出して、その温かい体を全て受け止めた。

番になっていると分かった途端、体が激しく反応した。

もう我慢しなくていい、と箍《たが》が外れていく。

ルーカスは彼の一族でも最も強い力を持つ狼だ。

強者の発情の匂いはたまらない媚薬だと、郷は身をもって体験していた。

「ルーカスっ……」

なにもしていないのに、郷の中心は勃ち上がり、雫を零していた。

仰向《あおむ》けにされると、ルーカスの寝室の大きな窓からは満月の明かりが差し込んでいるのが見えた。

「郷、すごい綺麗だ……まるで絹を触ってるみたいな肌も、郷の欲情に満ちてる潤んでる目も、全部俺のものだよ」

そう言ったルーカスが、郷の唇を塞いだ。

とにかく気持ちが良かった。

舌を絡めるのも、口の中を舌で刺激されるのも、どんな小さなことでも感じてしまう。

全てが性感帯になっているみたいだった。

「ふ、……んん、ルー、カス……」

口を離されると、そのまま頬や、耳朶《じだ》を食《は》まれ、そして首筋や鎖骨を吸われていく。

「あ、……ん、あ、ああっ……」

平らな胸を揉《も》みしだかれ、反対の乳首を吸われた。

たまらず郷は足をすりあわせて、快楽を逃がそうとするけれど、それもルーカスに阻まれてしまう。

あっという間に勃ち上がってしまった自分の性器を見られるのは、恥ずかしい。

隠そうとしたがルーカスはそれを許してくれなかった。

「俺に全てを見せて」

その低く響くルーカスの甘い声色に、郷の脳が痺れて麻痺《まひ》していくようだった。

命令されているわけではないのに、逆らえない。

「郷、嫌がらないで？」

そう言った声がどこか苦しそうで、郷は胸が締め付けられた。

郷がルーカスを避けていた時、彼も傷ついていたのだ。それは郷も同じだったから、よく分かる。

お互いが大切すぎて、間違えた方向に行ってしまっていた。

けれどもう、間違えない。

郷はもうルーカスの番なのだから。

ルーカスの言葉に、郷は閉じてしまっていた足の力を、ゆっくりと抜いていく。

「嫌なんかじゃ、ないよ……ただ、恥ずかしいだけだから……」

そう言うとルーカスが嬉しそうに笑った。

（ああ……俺、ルーカスが笑っててくれるなら、なんでもいいや……）

その笑顔が大好きだ。

郷の全てを受け止めてくれる寛大な人。

「ルーカス、あいしてるよ」

そう言って両手を差し出すと、ルーカスが郷の腕を取り、そして体を抱きしめ返してくる。

郷は抱きしめる手をすり抜けて体を起こすと、ルーカスと向き合った。

ちゃんと、言葉で伝えておきたかった。

月明かりが照らす中、郷はルーカスの手を取った。

「郷？」

なにをされるんだろうと、ルーカスが首を傾げている。

「ルーカス・モーアン」

真摯な声でそう呼ぶと、ルーカスは「は、はい！」と背筋を伸ばして返事をした。

「俺と、生涯の番になってください」

これはプロポーズだ。

手に取ったルーカスの手の甲に、そう誓ってキスを落とす。

自分は狼としての力も弱く、そのせいで自信が持てなかった。

けれど番にしたいと言ってくれた人がいた。

そのことがどれだけ郷に力を与えてくれただろう。

だからこそ、郷からちゃんと言葉を伝えたかった。

「……ずるいよ、郷。俺が先にプロポーズしたのに……」

少し拗《す》ねたような声を出しながらも、嬉しそうな顔をしていた。

「答えは？」

もう一度問うと、今度はルーカスが郷の手を取って、同じように甲にキスを落とした。

「もちろん、イエス、だ」

ぐいっと体を引かれ、大きく温かい手が郷の頬を包みこむ。そして食《は》むように柔らかいキスをされた。

慈しむような、そんなキスを繰り返される。

自分がとても大切なものに思えてきて、涙が溢れてきた。ルーカスと知り合ってから涙腺が弱くなった気がする。

それはたぶん、郷が満たされている証拠だ。

幸せすぎると泣きたくなるなんて、知らなかった。

「郷は、俺が守るから」

「じゃあ、ルーカスは俺が守るから」

と言い返すと、ルーカスが驚いたような顔をした後、参ったというように笑った。

「頼もしい人を番にできて俺は幸せだな」

「だろ？」

自信ありげに笑って、郷はルーカスの首に飛びついた。

大きな体と温かい体温が大好きだ。なのでつい抱きつきたくなってしまう。

そんな郷を受け止めて、ルーカスは笑いながら髪に頬に、そして首筋に唇を押しつけてくる。

「ルーカス、大好きだ。もっとたくさん、してくれよ」

そう懇願すると、耳元で囁かれた。

「おおせのままに」


「あ、ああ、っ……」

郷はルーカスがしなやかだと褒める肢体をくねらせて、シーツに皺《しわ》を作っていた。

郷の腹筋の割れ目をルーカスの舌が辿っていくから、さらに体をしならせた。

腹の窪みに舌を突き入れられて、足を割り開かれていく。ルーカスの顔が、どんどんと下に向かっていることに気付き、郷は声を上げた。

「あっ、ダメ、ルーカスっ……」

なにをされるのか、想像ができた。

それだけで、体が期待に小さく震えてしまう。

それを期待している郷の中心が濡れそぼり、勃ち上がってヒクヒクと揺れていて恥ずかしかった。

ルーカスが、郷の先端を舌先で突いた。

「ああっ、あ、あ、あっ」

先端の割れ目を往復して、さらにそこから溢れ出る体液を、わざと音を立てて啜《すす》られる。

その強い刺激に、郷は首を左右に振った。

ルーカスはそんな郷に気をよくしたのか、先端を全て口の中に含んでしまった。

生温かいものに包まれて、息が止まりそうだった。あまりにも気持ちよくて、郷はルーカスの頭を押さえた。

「すごいっ、強いからっ……奥がジンジンしちゃう」

それ以上動いちゃダメ、と懇願しても、ルーカスはにやりと笑うだけだった。

じゅっと音を立てて、わざと強く先端を吸い上げながら、口の中で扱かれた。

「あ、んっ……だめ、って言ってんのにっ……」

強く扱かれて、郷の熱が一気に膨れ上がる。

「あ、ああ、あ、イっちゃうっからっ……」

懇願の言葉に、ルーカスがやっと動きを止めた
「どうして？　郷のイク顔、可愛いからたくさん見たかったのに」

「やっと番になれたんだから……一緒にイキたいんだよ……」

とルーカスに少し膨れて告げると、ぱあ、と顔が明るくなった。

（わかりやすい……）

こんなに感情がわかりやすくて、よく当主と会社経営ができているな、と思うけれど、それはきっと郷にだからだろう。

そう思えば、悪い気はしなかった。

ズン、と奥が疼いた。

強い発情の匂いが部屋の中に立ちこめて、郷の五感を麻痺させた。

じわじわと熱が湧き上がり背骨の奥、尾骨辺りをムズムズとさせていく。

体の奥がぐじゅ、と濡れたような感覚に陥った。

女性器ではないはずの、その奥がまるで性器に変化してしまったみたいだった。

ぶるり、と体を震わせた。

「あ、ああっ……んっ、なんか、すごい奥が、ムズムズしてるっ……」

もう羞恥などどこかへ飛んでいってしまっている。

郷は曲げた膝を開き、自分の奥を広げる。

「ここが、ルーカスを、欲しいって、……もうずっと、我慢してる」

そう告げると、ルーカスの瞳が銀色に光った。ギラリと見せるのは、野生の本能だろうか。

そんな姿にぞくりと背中が戦《おのの》いた。

ルーカスは郷の足を取り、均等に付いた筋肉を舐め上げながら、そして内股に強く吸い付いていく。

その刺激に、双丘の奥がじくじくと疼き、甘い声を上げた。

「はっ……ん、あ、あっ……」

「どうして欲しいの？　郷……ちゃんと教えて？」

その声はまるで命令のように、郷の脳内に響く。

皮膚の弱い内股にルーカスが何度も強く吸い付いて、鬱血の痕を残した。

けれど郷の触って欲しい場所を、触ってくれない。

ヒクヒクと待ち焦がれている場所を避けるような触れ方に、もうどうにかなってしまいそうだった。

「ルーカスっ……ちゃんと、触ってぇ……その奥、に入れてっ……」

郷の懇願に、ルーカスが体を伸ばしてくる。

「ここ？　入れて欲しいの？」

郷の欲している場所を指で撫でながら、唇を合わせて聞いてくるから、それもまた甘い刺激となって郷を襲っていく。

「ああっん、……そこ、ちゃんと入れてっ……」

「すごいね、もう濡れてる。これが番になった証拠なのかな」

ぬち、と音をさせてルーカスの指が、やっと郷の中に入り込んでくる。

唇を奪われながら、下の入り口も犯される。

たまらなく、感じた。今までに無いくらい、体中が痺れている。

「あ、あ、っ……だめ、ルーカス……すごいっ……指だけで、イッちゃいそう」

体を震わせて、ルーカスに抱きついた。

「ダメだよ、郷。一緒にイクんでしょ?」

そう耳元で問われ、郷は何度も頷くと、ルーカスの唇を自ら奪った。

舌を突き出され口が指と同じ動きをするから、まるで抽挿《ちゅうそう》されているみたいで、郷はたまらなくなった。

「あ、あ、あっ……それしないでっ……」

「ああ、もう郷は、可愛いよ……」

そう言われ涙目でにらみつけても、ルーカスは笑っているばかりだった。

そこはいつの間にか、三本もの指を含んでいたが、それでも物足りないと感じていた。

その、大きなもので全てを満たして欲しい。

そう思うだけで、郷の中が疼いてしまう。

「郷……、もう入れさせて？　ここに俺のものを、入れたい。君の全部を俺のものにしたい」

その言葉に、胸がぎゅん、と鷲摑みにされたみたいに締め付けられた。

「さっきから、早く、してって、言ってるのに」

郷が、そう返すとルーカスはやっぱり笑っていた。

そして郷の両足を開かせると、そのぬめった入り口に、大きなそれを押し当ててくる。

ルーカスが自分の中に入ってくる。上半身を軽く起こすとそれが視線の先に見えてしまって、郷は目を離すことができなくなった。

あの、大きなものを自分の体が飲み込んでいく。

「あ、あっ……、入って、く……ルーカスが、全部……入ってくるっ……」

「うん、入れさせて？　郷の、ここは俺のことをもう全部受け入れられるって、知ってるはずだよ？」

「ああ、ああっ……ん」

グッと腰を押し込まれる。ルーカスの大きなものを飲み込んでいく自分のそこは、まるで熟れて溶けているようにぐずぐずになっていた。

「すごい……郷のここが、俺を受け入れて喜んでヒクヒクしてるよ」

そう言いながらルーカスが郷の入り口の縁を撫でるから、そこから快感が一気に駆け上がっていく。

「郷、ここに掴まって」

手を取られ、ルーカスの首筋に導かれた。その格好は二人の体の間には空間があって、繋がっている場所が余計によく見えた。

「ちゃんと、見てて……俺たちが番になって繋がってるんだよ」

そんないやらしいことをルーカスが囁いてくる。

「やっ……、ばかっ……」

言われると、視線がそこに行ってしまう。とたん、郷の中がうねっていく。

「っと……すごい、絞まった。感じたの？　可愛い、郷」

「ばか、ルーカスっ……」

「気持ちいいって言ってよ」

そう言いながら、ルーカスがゆっくりと腰を引いた。そしてまた同じようにゆっくりと押し込んでくるけれど、今度はもっと奥に入り込んできた。

「ふあ、っ……深いっ……」

「もっと、奥に、入れさせて……入りたいよ……郷に全部入れたい」

ルーカスがそのまま郷を押し倒し、そして足を掬い上げた。

角度が変わり、ルーカスをどんどんと受け入れていく。

「あ、っ……ん、ぁ……」

指先まで、痺れていく。体中に走るその快感に、郷はどうすることもできず、体をくねらせた。

爛《ただ》れたように熱い粘膜が、ルーカスに絡みついて離さない。

「郷の中は、気持ちがいい……俺のために、生まれてきたんだね、郷」

そう言われ、郷は泣きたくなった。

そうだよ。と言いたいのに、ろれつが上手く回らない。

だから何度も頷いた。

「来てよ……ルーカス」

奥のもっと奥が熱い。

そこが、一番気持ちがいい場所で、そこまで届くのはルーカスしかいない。

この熱を収められるのは、番であるルーカスだけなのだから。

「全部、入れるよ……」

そう言ったルーカスが、一度大きく腰を引いた。ずるりと抜け落ちるような感覚に思わず中を締め付けると、くっとルーカスが息を詰めた。

その声が艶《なま》めかしかった。

色男とは、こういう男のことを言うのだろう。しかもその色男は、もう郷のものなのだ。

焦《じ》らすように、入り口で何度も突き、なかなか奥まで入れようとしない。

「あ、んっ……早くぅっああっ……」

郷が焦れるのを待っていたのだろう。懇願した瞬間だった。

「あっ……」

ズンと奥まで一気に穿《うが》たれて、目の前が真っ白になって郷は息が止まった。

ヒクヒクと、郷の中心がけいれんしていた。先端からはだらだらと濃い色の精液が少しずつ流れ落ちていく。

軽く、射精してしまっていた。

自分でも予期しなかった絶頂に、体がコントロールできない。

「あ、あ、っ……だめ、まだ動かないで……」

快感が強すぎて、息が苦しい。

「それは……無理だ、ごめんね郷」

と言ったルーカスは、大きく膨らんだそれを、さらに奥へと突き入れてきた。

「ああ、あっ……」

ダメと言いながらも郷の中は、ルーカスをひくつきながら締め付けてしまう。

「もっと、して欲しいって郷の中は言ってるよ。もっと奥に欲しいでしょ？」

もう俺のものだからいいよね、とこんなときばかり、支配者のようなことを言うルーカスに、郷は「ルーカスのものだよ」と答えると、全てを委ねていった。


ぐちゅぬちゅ、といやらしい音が響く。

体は汗なのか体液なのか分からないほど、濡れていた。

ルーカスの熱が、今まで感じたことのないほど、奥にいた。

「あ、あ、あっ……んっ」

くたくたになった郷の中に、やっと届いた。差し込まれてからずっとそこを刺激され続け、郷は自分の体が溶けているんじゃないかと思うほど、気持ちがよかった。

「あ、……ん、ルーカスっ……そこ、すごいっ、からっ……」

「うん、分かる。ここでしょ？　俺の根元まで入ってるんだよ。すごいね」

とグッと腰を押しつけられた。

「ああっ……ん」

その刺激に、郷は思わず喉元を晒《さら》した。

「ここ、でしょ？」

そう言ってルーカスが何度も奥を穿ってくる。

その度に郷は甘ったるい声を上げ続けた。

「あ、あ、あっん」

ルーカスは、郷が言葉にされると感じるのだと、もう知ってしまったようだ。

全てを説明してくるから、郷はさらに感じてしまう。

「この奥に熱いところがあって、それが俺の先端に当たるんだ、よ」

語尾と同時にまた腰を叩きつける。

郷はもう、ルーカスに身を委ねることしかできなかった。

その熱いところで止められて、突かれて、そして回された。

「あ、あ、ああ、すご、い……から っ……」

じんじんと熱が湧き上がって、郷の体をくたくたにしてしまう。

発情とかもう関係なかった。

ただ、愛する人と抱き合っている。それだけで、幸せで泣きたくなった。

「ルーカス、キス、して……?」

そう懇願すると、郷の頭を両手で押さえ込んだルーカスが、舌を絡めながら唇を塞いでくれた。

口も奥も、気持ちが良すぎて辛い。こんなに気持ちがいいのは、ルーカスだからだ。

「んんっ、ふっ……ん」

口の中を舌で舐め回されながら、腰を揺らされた。

ぬかるんだ中を掻《か》き回されたあと、頭を押さえつけられながら、穿たれた。

「ああ、あ、んっ、ふぁっ……」

上に逃げることもできず、ルーカスの全てを叩きつけられる。もう頭も体もぐちゃぐちゃで、ただイキたい、この熱を吐き出したいと郷は泣いた。

「いいよ、郷……全部見せてね」

「ばかっ……あ、あ、あっ……」

泣いてる顔も、イク顔も全部見たい、とルーカスは言う。

郷の両手をシーツに押さえ付けて、そして顔を真っ正面に見据えて腰を叩きつけてくる。

「あ、あっ、んっ……ひ、ん、っ……」

いやらしい音が、郷とルーカスが繋がっている場所から響いてくる。

真上から銀色の目に見下ろされて、そして揺さぶられた。

上気しているのは、郷だけではなかった。

ちゃんと見てろと言われた郷もまた、ルーカスから目をそらさなかった。

「ずっと、一緒、に、いようね、郷」

そんな可愛いことを言いながら、ルーカスは抽挿を一層激しくした。

「あ、あ、あっ」

ルーカスの髪は動く度に、揺れて乱れていく。

強く穿たれて、引きずられて、そしてまた叩きつけられた。

その度に郷は甘く淫《みだ》らな声を上げた。

「だめ、イク、もうっ……ルーカスっ」

繋いだままの手を、ギュッと強く握った瞬間、ルーカスがさらに腰を奥へ押し込んだ。

「あああっ、ん、ああ、あ、あっ――」

熱の塊が、自分の中から解き放たれていく。目の前がチカチカして、つま先から舌の先まで、全てが痺れていった。

こんなにすごい絶頂は、初めてだった。

力なんて一つも入らない郷に、ルーカスが、卑猥《ひわい》に笑って言った。

「俺も、イクね」

「ま、っ……て、あああっ……」

まだダメだと告げる前に、ルーカスの動きが激しくなっていく。

郷の体を強く揺さぶりながら乱れるルーカスを、綺麗だと思いながら、郷はまた発情の熱に巻き込まれていった。


ガチャガチャと、なにかを混ぜている音がして目が覚めた。

「……ルーカス？」

郷は自分の隣で寝ているはずの存在を、目を開けずにポンポンと叩いて確認するけれど、そこはすでにもぬけの殻だった。

「郷、起きれる？」

郷が目を覚ましたのを察知したルーカスが、寝室の入り口から顔を出した。

「動けると、思う？」

昨日は二人とも発情と番になれた喜びで、箍が外れてしまった。

溢れてしまう熱を抑えられなくて、何度もルーカスと交わった。

『どうして欲しいのか、ちゃんと言わないとしてあげられないよ。俺に分かるように、ちゃんと言って』

そんなときばかり、外国人だから伝わらないと言うルーカスに、して欲しいことを全部言わされた。

（言葉攻めを、たくさんされた気がします……）

郷は昨日の痴態を思い出して、枕に顔を埋《うず》めて羞恥に耐えていた。

そんな郷を心配して、ルーカスがベッドサイドまでやってくる。

「郷、大丈夫？」

どこか痛い？　と優しく聞いてくるルーカスの脇腹を、グーで殴ってやった。

「腰も尻も股関節も、喉も枯れて痛い、全部痛い」

とブスくれた声を出すと、ルーカスが宥《なだ》めるように髪にキスをして、「だって可愛かったから」と笑いながら言う。

「ご飯食べる？」

「食べる。起こして」

そう言って両手を差し出すと、ルーカスが「なに、これ」と言いながら郷の手を取った。

「郷、こんなの、あったっけ？」

そう言われ、郷は体を起こすと、自分の手首を見た。手首より少し上の辺りに、薄い痣《あざ》がある。

「ああ～、これね。この数ヶ月で急に出てきたんだよね、痣。兄さんに皮膚がんだと困るからって言われて病院にも行ったんだけど、ただのメラニン沈着の痣だろうって……あれ？ なんか濃くなってきてるかも」

正直、今までは気にもならない程度の薄さで、だからルーカスも何度も体を重ねていても気付かなかったのだろう。そのくらい、微々たるものだった。

「これが、どうしたの？」

とルーカスに聞き返すと、ルーカスは左足を上げて郷に見せる。

「同じ形してないか？」

ルーカスの内くるぶし辺りに、三日月のような痣が見えた。

「そんなの、あったの？」

「あったんだよ。生まれたときからずっとあって、別に気にしてなかったんだけど……」

そう言ってルーカスがもう一度郷の手首を見る。

「やっぱり、同じ形だ。まさかこれが偶然だとは……思えないな……これは今度帰国したときに、調べてくるが……」

郷とルーカスは、目を見合わせる。

「番の証拠、なのかな？」

郷の言葉に、ルーカスも首を傾げている。

「俺も、さすがに分からないな」

郷はルーカスの足と自分の手首を並べて、そして言った。

「たとえ偶然だったとしてもさ、俺はこれが証拠だと思いたいな」

へへ、と笑ってルーカスを見上げる。

「なんかこれって運命っぽくない？　そういうの、嫌いじゃないよ俺」

と言うとルーカスもそうだな、とまんざらでもない笑みを浮かべていた。

「これはルーカスが俺を選んでくれた証拠なんだって思ったら、すごい嬉しいよ」

少し俯いて、今までの自分を思い返す。

誰かを選ぶこともなく、このまま自分は一人で生きていくんだ、とそう勝手に思っていた。

けれど、今はもう違う。

「俺は、ルーカスと出会って、俺は俺でいいんだって思えたんだ」

そう話す郷の頰を、優しくルーカスの手が撫でていく。

「一族の中で力も強いわけじゃなくて、勝手に駿に劣等感抱いて自分を落として生きてきた気がするんだ……けど」

そう言って頰を撫でるルーカスの手を取ると、握り返した。

「ルーカスが俺を選んでくれたことが、そんな俺の馬鹿な劣等感を取っ払ってくれたんだ。だからこの痣が番の印だったら、俺はもっと強くなれる」

これがある限り、ルーカスのものだと、そう思えるから。

するとルーカスが、なぜか泣きそうな顔になった。

「俺は、そんなにたいそうなことをしていないよ。それはいつかきっと郷自身で気付けたことだろう」

「違うよ、ルーカスと出会えたから。だから俺は変われたんだよ」

そう言うとルーカスが郷を強く抱きしめてきた。

「君は、本当に俺を幸せにする達人だね」

「ははっ、なんだそれ」

と郷は笑う。

「俺は、ずっと番を得なければいけないという立場で、けれど自分が愛せない人を番にすることがどうしてもできずに、この国に逃げてきたんだ」

ルーカスが苦しそうな声で、言うので郷はその広い背中をそっと抱き返した。

「そんなとき、昔、森の中にある家具職人のところに通っていたときに聞いた、この森に伝わる言い伝えを思い出したんだ。——その者、黒き瞳をたたえ、この地にいずれ導かん——という一文をね」

郷達の一族にも色々な伝承や言い伝えがある。

ルーカス達の一族にも、たくさんそういったものがあるのだろう。

「もちろん、ヨーロッパは地続きだし、人種も様々だ。その中に黒い瞳の人ももちろんいたけれど、俺はとにかく、もっと離れた国にも同じ人狼がいるんじゃないかと考えて、日本に行ってみようと思ったんだ」

「そう、だったんだ……」

ニホンオオカミが絶滅したのは、二十世紀の初頭だと言われているけれど、僅《わず》かな可能性を求めて日本に来たのだという。

「俺は一族の考えが、好きじゃなかった。ただ血を残すためだけの行為が、耐えられなかったんだ」

そんなルーカスは、跡継ぎになることが決まった幼い頃から森に籠《こ》もり、職人になる道を選んだ。そのせいで同族からは煙たがられていたのだという。

「だから、この先もずっと俺は一人で生きていくんだろうなって思ってた」

そう言ったルーカスが、抱きしめていた腕を緩めると、郷の顔を見つめてきた。

「たとえ、三十歳の誕生日までに番を得られなくても、それでいいと、どこか投げやりになってたところに、あの日、郷と出会ったんだ」

甘い匂いに誘われたと、ルーカスは言った。

「――一目惚れだった」

と笑う。

「そう、なの?」

「うん、とにかく、郷を独り占めしたくて……ごめんね、色々調べさせてもらって……仕事で関われればもっと近づけると思って……」

「……っ!」

ルーカスの告白に思わず郷が驚いて目を見張ると、慌てたように「仕事は郷の仕事の評価を見てちゃんと決めたから、一存じゃないよ」と説明してくれた。

『そんな公私混同、私が許すと思いますか?』

と言ったのはヨハンだったらしい。ルーカスの相談を一蹴して、そしてちゃんと郷の腕を見込んで、仕事は依頼したとルーカスが言う。

「俺はね、番じゃなかったとしても郷が良かった。郷といて、ずっと心に重く居座っていた孤独が無くなったんだ。それはすごいことだった」

ルーカスはそう言って郷と額を合わせてくる。

「一緒に笑って、俺の作ったものを美味しそうに食べる姿を見て、幸せってこういう他愛もないことなんだと知ったよ」

たとえ郷がただの人間だったとしても俺は君を選んでいた、とそう言ってくれて、郷は嬉しくて泣きたくなった。

嬉しいと泣きたくなるなんて気持ちを教えてくれたのは、ルーカスだけだ。

郷にとっても、ルーカスにとっても、互いにかけがえのない存在になれた。それが一番の僥倖だ。

郷はルーカスの頬を両手で触った。そして、自分の想いを告げる。

「俺はルーカスと出会って、自分のことが好きになれたよ。ありがとう、ルーカス。そして、これからもよろしく」

そう言うと、ルーカスも少し泣きそうな表情をしたあと、「こちらこそ、よろしく。俺の運命の人」と言って郷の唇を塞いでいった。

郷も嬉しくて、その気持ちを伝えようと懸命にそのキスに応える。

そして朝ご飯はもうしばらくお預けだな、と心の中で笑うと、のしかかってくるルーカスの重みを受け止めた。

★

年度の初め。

北欧家具モーアンの日本サイトが無事にオープンした。

桜の季節に合わせたいと、言ったのはルーカスで、サイトのトップ画像は満開の桜の下に、ルーカスの作った椅子があるものを使った。

日本の桜と北欧の家具がマッチしていて、こんな素敵な椅子を庭に置きたいと思わせてくれる。

「郷、ありがとう~。俺がどうしたいのか、よく分かってくれてる」

今日は仕事でモーアンの事務所に来ていた。サーバーは自社のものを使うというので、彼の会社から更新を行っていた。

「私もすごく好きです。シンプルなんだけどフォントに特徴があって、おしゃれなイメージを持ってもらえる仕上がりですね」

ルーカスの言葉より、ヨハンの評価を聞いて、郷は「よかったです」と胸を撫で下ろした。

「ちょっと、どういうこと？　俺もいいって言ってるのに！」

「ルーカスさんより、ヨハンさんの方がちゃんと的確に評価してくれるので……」

「ひどいな～」

と言いながらも、ルーカスは怒ってはいない。

「だってルーカスはすぐ、それでいいよって言うじゃん」

と思わず普段の口調で話してしまい、郷はハッと口を押さえた。

そしてコホンと咳払《せきばら》いをして、「すみません」と謝ると、ヨハンは笑いながら「お気になさらず」と言ってくれた。

仕事とプライベートはちゃんと分けないといけないのは、郷も重々承知だ。

なので、仕事の打ち合わせの時はいかにルーカスでも、馴《な》れ合った態度は取らないよう心がけている。

それは兄からも強く厳命されているところなので、しっかりしなければ、と気を引き締めた。

「こちらが、カタログになります。紙でのご用意と、あとはサイトからダウンロードできるPDFファイルの両方を用意してあります」

モーアンは全て受注販売になるので、注文してから納品までには数ヶ月かかることもある。それは一つ一つルーカスと、モーアンの職人達が丁寧に作り上げるために必要な期間なのだ。

「郷さんのお兄さんの会社からも、すでに注文が入りました。ありがとうございます」

「ほんとですか？　たぶん、兄がうちによく来るので……その、ソファとかの座り心地をよく知っているからだと思います」

郷の言葉にヨハンが口元を緩めた。

「そうですね、郷さんのおうちの家具は、うちのものばかりですもんね」

ヨハンが笑いながら言うので、からかわれているのだろう。

「ヨハン。郷をいじめるな！」

と言ってルーカスが郷を後ろから抱き締めてきた。

「ちょ、ルーカス！」

そう言ってルーカスの手の甲をつねって、絡んでくるのをやめさせる。

「痛いよ〜。郷を助けたのに」

「ルーカスさん、俺は今、仕事をしてるんです。この件については帰ってから、お話しさせて頂いてもよろしいですか？」

そう言ってにっこりと笑うと、ルーカスが、やばい、という顔をして「ちょっと工房にいってくる」と逃げていった。

そのやりとりを聞いていたヨハンが、クスクスと笑う。

「日本で言う、かかあ天下というやつですね」

そう言われて郷は、顔を赤らめた。

今、二人は一緒に住んでいる。

ルーカスの部屋の方がセキュリティは万全だったのだが、もう誰かが彼を襲う要因も今のところ無くなったということで、使い慣れた郷の部屋にやってきたのだ。

あれから、郷を襲ったルーカスの一族の者達は、国へ戻っていった。

モデルをやっていたノラも、事務所を辞めて帰国した。

主犯だったノラは野心が強すぎた。

自分が当主の番となり、実権を握る。モーアンの中では末席にあたる一族のノラは、とにかく贅沢な暮らしに憧れていたのだという。

日本に来たのも、ルーカスの行動を見張るためだったようだ。

ルーカスは反感を買うことも多かったらからこそ、ノラは付け入る隙があると思ったらしい。

今後ノラの一族は、モーアンの庇護を受けられないことになったと聞かされた。

事業として、子会社の系列だったノラの家はその契約も解かれたらしい。そうなると、たぶん倒産するでしょうね、とヨハンは言っていた。

ルーカスの強さは孤独を知るからこそだと、郷は思う。

全てを一人で判断し、一族を導いている。

これからは、何があってもルーカスと一緒にいる。どんなことがあっても、ルーカスの味方でありたい。支えていきたい。

とはいっても、まだまだ問題は山積みだ。

郷の一族も、別の狼種族の番になった例が今までなかったので、狛江一族内がざわついているのも事実だ。

先日、狛江本家に呼び出されたときは、さすがの郷も緊張した。

番になってしまった以上、解消はできない。

どちらの種族に属するのか、その議論もなされた。

郷としては、ルーカスといられるのならどちらでもいいし、将来はモーアンの城に行くことになるのかな、となんとなく思っていた。

けれどまだルーカスも日本から離れる気は無いと言っているし、そのときが来たら考えればいいと思っていたけれど、そう簡単にはいかなかった。

まだ上層部からは反対されているし、認めてもらえていない。

幼なじみを番にした駿は、今までこんな大変な思いをしてきたのだと、初めて知った。

それに加え、当主となるプレッシャーと重圧。

だからこそ、駿の言葉には力があった。

『で？　番の人とはこれからどーすんの？　郷が番《つが》われたんだったら、お前が嫁に出されたようなもんだな』

と笑い飛ばしてくれた。

『別にいいんじゃない？　俺の番だって普通の人間だし』

それに、と駿が言った。

『俺たち一族の血が薄れて力がなくなったのは、好きな人と一緒になった証拠だろ？　それで本当に力がなくなったとしても、それはそれで運命だ。ただ、俺たちは誇りある一族だったことだけを伝えていけばいいと思う』

と強い口調で言ってくれた。

その横には、番である日向も座っていた。

駿は大切な会合の際は、日向を連れてくるようになった。

自分の伴侶だと、日向を座らせているのは、男らしいと思った。

日向も駿の横で、臆することなく、けれど出しゃばることもない。

自分もあんなふうになれるだろうか。

「嫁に出した」と笑い飛ばしてくれた駿には、感謝しなければいけない。

悔しいけれど、やっぱり駿は、かっこいい男だった。

そして自分も日向のように、大切な人を支えられるようになりたい。

「これで、とりあえず全て納品が完了です。今後の更新もあるので、これからもどうぞよろしくお願いします」

郷がそうヨハンに告げると、「ありがとうございました。こちらこそオーナー共々よろしくお願いいたします」と言われて、苦笑するしかなかった。

「……郷、終わった？」

事務所の入り口から、ルーカスが大きな体を小さくして、こちらを覗《のぞ》き込んでいる。

その姿に、ヨハンと思わず笑ってしまった。

「今終わったよ」

と郷が言うと、ルーカスの表情が一気に明るくなった。

「あのさ、ちょっと思いついたんだけど、夏のサイトの写真、うちの森にしたいんだけど、どうかな？」

「ああ、それいいですね」

と、ヨハンも賛成のようだ。

「それって……海外でしょ？　俺飛行機苦手なんだよな……」

とはいっても、ルーカスと一緒にいるようになってから、匂いに苦しめられることが少なくなってきた。

つねに、彼の匂いが体に染みついているせいだろう、というのが兄の匡の見解だ。

内側から、ルーカスに作り替えられている感じがする。

それは嫌ではなかった。

ルーカスが自分の一部になるのなら、嬉しいくらいだ。

「俺と一緒なら平気だろ？」

とルーカスは自信満々に言う。

まだルーカスの一族に、郷は認められていない。

それでもいいと、郷は思っている。

ルーカスが郷じゃないとダメだと言ってくれている。それだけでいい。

ただルーカスの子孫を残してあげられないことだけが、申し訳なかった。

けれどそれをルーカスに伝えたら、「それはお互い様でしょ」と言ってくれた。

『本来、跡継ぎは当主の子供に引き継がれていくんだけど、うちの種族はその代で一番能力が強いものが養子になって受け継いでいくんだ。だから心配しないでいいよ』

と言っていた。

ルーカス自身も養子なのだという。だからなのか、家族の話をあまり聞いたことがなかった。

「郷に、うちの森を見せたいんだ。それに母にも会わせたい」

ルーカスがそう言って郷の手を握ってくる。

「初めて、お母さんの話を聞いた気がする」

郷がそう言うと、ルーカスは少し寂しそうな顔をしていた。

「母は、モーアン一族外の人狼一族だから城には住めなくて、市街地のマンションにいるんだ。けどいつも俺の幸せを祈ってくれている。だから郷に会ってもらいたい。俺は幸せだよって見せたいんだ」

「うん。俺もお母さんに会いたい。それで俺がルーカスを幸せにしますって言うから」

その言葉に、ルーカスがはにかむように笑った。

ゆっくりでいい。少しずつ互いのことを知っていきたい。

「ルーカスが遊んでた森、見てみたい」

郷の願いにルーカスが、ヨハンがいるにもかかわらず、抱きしめてくる。

「ああ、一緒に還《かえ》ろう」

北欧の木々と風と湖と。ルーカスが見てきたものを、郷も感じたい。

そして、いつか彼の守る森に住んでいる狼の神様を二人で探しに行こう。

郷はそんなことを夢見て、ルーカスの温もりとその匂いに、幸せを噛みしめた。

# あとがき

こんにちは、西門です。

ルチル文庫さんでは四冊目の本となりました。手に取ってくださった読者の皆様、そして刊行ペースが遅い私の作品を待っていてくださった方もいらっしゃったら、とても嬉しいです。ありがとうございます！

さて今回のお話は、題名通り人狼彼氏でした。前回の「束縛彼氏と愛の罠」のスピンオフとなりました。

このお話はルーカスの不老不死の始祖の話しを考えていくうちに、ルーカス達が動き始めた、という感じでできあがったお話です。

郷は、同い年の当主があまりにも出来過ぎていて、劣等感をずっと持って生きていました。自分なりにその劣等感を払拭したいと思っていても、なかなかできず……。それをルーカスと出会うことで乗り越えられた。そんな人と出会えた喜びを、読んでいる方達にも分かち合ってもらえたらいいなと思いながら書きました。

一つでもなにか感じてもらえたら嬉しいです。

今、大変な感染症が世界中に蔓延しているなか、この本を読んでいる時だけでも現実を忘れ少しでも楽しく幸せな時間になってくれたら嬉しいです。


そしてお礼を！

私の作品に命を吹き込んでくださった金ひかる先生！　キャララフを見せていただいた瞬間「ルーカス格好いい〰〰！」と職場で叫びました（笑）。郷もかっこかわいくて、本当に素敵なイラストをありがとうございました！

いつも相談に乗ってくれる先輩先生（そろそろ名前出してもいいのではと思いながら（笑））やお友達、話しを聞いてくれてありがとうございます。これからもどうぞよろしく！

なによりプロットから色々と相談に乗ってくださった担当様。本当に心強く助かりました！　面倒くさい私ですがこれからも、どうぞよろしくお願い致します。

最後に、この本を手に取ってくださった皆様、ありがとうございました。

もしよろしければ感想などお聞かせくださると嬉しいです。よろしくお願いします。

ツイッターで刊行記念のショートなどアップする予定なのでそちらも、よろしければフォローしてみてください（@simon_outisde）。

まだまだ大変な時期は続きますが、皆様どうぞ無事にお過ごしください。

そしてまた、次の作品でお会いできますように！

西門

✦初出　人狼彼氏と愛の蜜……………書き下ろし

西門先生、金ひかる先生へのお便り、本作品に関するご意見、ご感想などは
〒151-0051 東京都渋谷区千駄ヶ谷 4-9-7
幻冬舎コミックス　ルチル文庫「人狼彼氏と愛の蜜」係まで。


幻冬舎ルチル文庫

# 人狼彼氏と愛の蜜

2020年6月20日　　第1刷発行

✦著者　西門　さいもん

✦発行人　石原正康

✦発行元　株式会社 幻冬舎コミックス
〒151-0051 東京都渋谷区千駄ヶ谷 4-9-7
電話 03(5411)6431 [編集]

✦発売元　株式会社 幻冬舎
〒151-0051 東京都渋谷区千駄ヶ谷 4-9-7
電話 03(5411)6222 [営業]
振替 00120-8-767643

✦印刷・製本所　中央精版印刷株式会社





ISBN978-4-344-84676-0　C0193　Printed in Japan

「幻冬舎ルチル文庫」
大好評発売中
「束縛彼氏と愛の罠」
普通の会社員・三葉日向の同居人は、人気俳優の狛江駿。満月になると、まるで発情期のように体が熱くなってしまう日向と、その熱を冷ましてくれる駿――。日向は、自分の体質のせいで迷惑をかけていることを後ろめたく思いながらも、駿に触れてもらえることが嬉しくて……。しかし、跡継ぎが必要な駿とは距離を置かなくてはならなくなり!?
西門
イラスト 高星麻子
本体価格630円+税
発行●幻冬舎コミックス　発売●幻冬舎